토끼 제빵사와
신비한
빵집

북멘토 가치동화 64

토끼 제빵사와
신비한
빵집

1판 1쇄 발행일 2024년 11월 5일

글쓴이 김정 그린이 송선옥 펴낸곳 (주)도서출판 북멘토 펴낸이 김태완

편집주간 이은아 편집 김경란, 조정우 디자인 키꼬, 안상준 마케팅 강보람, 염승연

출판등록 제6-800호(2006. 6. 13.)

주소 03990 서울시 마포구 월드컵북로 6길 69(연남동 567-11) IK빌딩 3층

전화 02-332-4885 팩스 02-6021-4885

🏠 bookmentorbooks.co.kr   ✉ bookmentorbooks@hanmail.net

📷 bookmentorbooks__   ⓔ blog.naver.com/bookmentorbook

ⓒ 김정, 송선옥 2024

ISBN 978-89-6319-605-3 73810

토끼 제빵사와 신비한 빵집

김정 글 송선옥 그림

북멘토

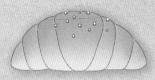

차례

주인공 소원이가 되어 이야기를 읽다 보면,
어느새 내 고민도 엉킨 실타래가 풀리듯이
스르르 풀리는 마법을 경험하게 될 거예요!

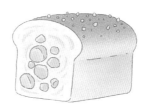

자신감이 자라는
밤 콕콕 식빵

땅만 보고 걸었어.

자꾸 한숨이 나왔지. 친구들 앞에서 발표하기 싫었어.

우리 반은 매주 수요일 아침에 번호대로 돌아가면서 '1분 말하기'를 해. 내 차례가 오지 않았으면 좋겠다고 생각했는데 벌써 내가 발표할 차례가 돌아왔어.

발표하려고 할 때마다 손에서 땀이 나고 몸이 굳는 느낌이야. 그래서 올해 한 번도 친구들 앞에서 발표한 적이 없어.

작년에도 발표할 때 긴장을 많이 하기는 했어. 하지만 이렇게까지 발표를 싫어하지는 않았지.

친구들 앞에서 발표해야 할 때마다 걱정을 너무 많이 하는 나에게 아빠가 말했어.

"소원아, 아빠한테 말한다고 생각하고 한번 연습해 볼래?"

아빠 앞에서 발표하고 칭찬을 들으니까 자신감이 생기는 것 같았어. 무조건 내 편인 아빠가 있어서 든든했지.

하지만 올해는 나를 응원해 줄 사람이 없어. 요즘 엄마는 나에게 관심이 없거든.

*

3월 첫날, 새로 만난 선생님과 낯선 친구들 앞에서 나는 잔뜩 긴장하고 말았어.

머릿속이 새하얘졌어. 더듬더듬 말을 시작했어.

"제 이름은…… 김소원입니다. 제가 좋아하는 동물은 고양이…… 입니다…….."

입에서 나오는 목소리가 내 목소리가 아닌 것 같았지.

작년에 같은 반이었던 이준호가 소리쳤어.

"야, 김소원. 크게 좀 말해 봐. 모기 목소리 같아!"

선생님이 친구가 발표할 때 끼어들면 안 된다고 말씀하셨어. 그런데도 남자아이들 몇 명이 계속 "모기 목소리! 모기 목소리!"라며 깔깔 웃었어. 얼굴이 달아올랐어. 자기소개를 대충 끝내고 내 자리로 돌아왔어.

그때 이후로 발표하려고 하면 친구들이 놀리던 게 생각이 났어. 손을 들려고 해도 멈칫하게 되더라.

선생님이 "발표해 볼 사람?"이라고 물으실 때도, 아는 걸 질문하실 때도 손을 들지 못했지.

돌아가면서 모두가 말해야 하는 시간에는 내 차례가 돌아올까 봐 땀이 삐질삐질 났어.

*

'휴, 내일 또 친구들이 놀리면 어떻게 하지?'

깊은 한숨을 쉬며 좁은 길을 걷는데 고소한 냄새가 났어. 골목 모퉁이를 돌자 처음 보는 가게가 보였어.

'저기에 가게가 있었나?'

갈색 벽돌집에 초록색 문이 달려 있었어. 노란색 간판에는 삐뚤빼뚤한 글씨로 '신비한 빵집'이라고 씌어 있었어.

‘신비한 빵집? 새로 생긴 빵집인가?’

유리창 안으로 먹음직스러운 빵들이 보였어.

‘우아, 맛있겠다!’

초록색 문에는 에이포(A4) 용지 크기의 안내문이 붙어 있었어.

‘고민이 있는 사람은 누구든지 들어오세요. 특히 고민이 많은 어린이를 환영합니다.’

‘고민이 많은 어린이를 환영한다고?’

호기심이 생겼어. 호기심보다 배고픔이 더 커서 자석에 끌리듯 문손잡이부터 잡았지만 말이야.

초록색 문을 열고 들어가자 문 위에 달린 은방울꽃 모양 종에서 예쁜 소리가 났어. 실로폰 소리와 비슷한데 더 맑은 느낌이었어.

문을 열자 달콤하고 고소한 냄새가 가득했어.

눈처럼 하얀 생크림 빵, 사과 잼이 하트 모양으로 올려져 있는 사과 파이, 윤기가 흐르는 크루아상, 두꺼운 빼빼로를 닮은 팔미 카레, 팥 앙금이 듬뿍 들어 있는 앙버터…….

눈으로만 봐도 맛있는 느낌이었어.

그런데 진열대에 놓인 빵 이름이 다른 빵집과는 조금 달 랐어. 자신감이 자라는 밤 콕콕 식빵, 진실을 알려 주는 먹 물 크림치즈 빵, 친구와 친해지는 민트 초코 도넛, 가장 즐 거웠던 시간으로 돌아가는 딸기 시폰 케이크, 질투하는 마 음을 없애 주는 레몬 장미 파이, 좋아하는 사람과 함께 시 간을 보내는 초코 소라 빵, 멀어진 사람과 다시 가까워지는 딱 붙어 엿……

'자신감이 자라는 밤 콕콕 식빵' 앞에서 발걸음이 멈췄 어. 얼핏 보기에는 지난번 엄마가 사 오셨던 공주 밤 식빵 과 다른 점이 없어 보였어. 푹신해 보이는 식빵에 샛노란 밤이 콕콕 박혀 있었지.

"손님에게는 지금 그 빵이 필요한 것 같군요."

옆에서 들리는 목소리에 고개를 들어 보니 토끼가 서 있 었어.

'아니, 토끼가 왜 빵집에 있지? 내가 지금 꿈을 꾸고 있 나?'

토끼는 갈색 빵 모양 모자에 하얀 셔츠, 초록색 체크무늬 조끼에 연한 갈색 코듀로이 팬츠를 입고 있었어.

"신비한 빵집에 온 걸 환영합니다. 나는 신비한 빵집의 주인이자 빵을 만드는 제빵사입니다."

"여기 있는 빵을 다 토끼…… 씨가 만든 거예요?"

생김새는 작고 귀여운 토끼였지만 낮고 굵은 목소리와 말투, 옷차림, 뻣뻣하게 서 있는 모습이 왠지 아저씨 같은 느낌도 있었어. 그래서 나도 모르게 '토끼' 뒤에 '씨'를 붙여서 불렀어.

"이 빵, 먹어 보고 싶으신가요?"

"아…… 지금은 돈이 없는데……."

나는 당황해서 고개를 푹 숙였어.

그 순간 배 속에서 꼬르륵 소리가 났어. 오늘 점심시간에 밥을 많이 남겨서 그런가 봐.

토끼가 씩 웃으며 말했어.

"많이 배고픈 모양이에요. 우리 빵집에 처음 방문한 기념으로 빵을 선물할게요."

"…… 공짜로 주신다고요?"

"그래요. 그 전에 꼭 알아야 할 것이 있어요."

"그게 뭔데요?"

“내가 만든 빵을 먹으면 그날 밤 특별한 꿈을 꾸게 돼요. 그 꿈에는 손님이 고민을 스스로 해결할 수 있도록 돕는 실마리가 숨어 있답니다.”

“고민이 뭔지는 어떻게 알 수 있는데요?”

“손님이 고민을 직접 말하거나 주문서에 써 주지요. 눈빛이나 표정을 보고 고민이 무엇인지 알아낼 수도 있고요.”

고민을 알아낼 수 있다고 말하면서 토끼는 고개를 치켜들고 뿌듯한 표정을 지었어.

토끼는 분홍색 꽃무늬 식탁보가 깔린 연두색 식탁을 손으로 짚으며 말했어. 그리고 노란 민들레꽃이 그려진 하얀색 접시 위에 밤 식빵을 올려 주었지.

군침이 돌았어. 밤 식빵을 좋아하는 엄마와 나눠 먹을 수 없다는 사실이 조금 아쉬웠지만 말이야.

“잘 먹겠습니다. 아, 그럼 제 고민이 뭔지 말하지 않아도 아세요?”

토끼는 입꼬리를 한껏 당기며 웃었어.

“걱정하지 말아요. 이제 친구들 앞에서 술술 말하게 될 거예요.”

'장난인 줄 알았는데 진짜잖아? 진짜 마음을 읽을 줄 아는 마법사 토끼인가 봐!'

내 눈이 토끼보다 더 커졌어. 하지만 밤 식빵을 손으로 뜯어 먹고는 한 번 더 깜짝 놀라고 말았어!

구름처럼 푹신하고 솜사탕처럼 달콤하면서도 미숫가루보다 더 고소한 맛이었어. 나는 허겁지겁 빵을 먹어 치웠어.

"맛있어요! 너무 맛있어요! 이렇게 맛있는 빵은 처음이에요!"

"당연하지요. 토끼 제빵 학교를 수석으로 졸업했다는 것도 참고로 알아 두세요."

토끼는 팔짱을 끼고 드라마 속 남자 주인공을 흉내 내는 듯한 미소를 지었어.

*

그날 밤 꿈을 꾸었어. 꿈 속에서 나는 발표할 내용을

공책에 적고 있었어. 그걸 달달 외워서 엄마 앞에서 말해 보았지.

엄마는 "우리 소원이, 정말 잘한다!"라며 좋아했어. 오랜만에 엄마의 칭찬을 들었어. 엄마는 저녁 늦게 집에 들어와서 피곤이 가득한 얼굴로 집안일을 끝낸 후 바로 잠을 자고는 했었거든.

나한테 관심이 없는 것 같았는데, 꿈에서 본 엄마 표정은 따스했어.

발표하는 날이었어. 긴장해서 침을 꼴깍 삼켰는데 한 친구가 나를 보고 미소 짓고 있었어.

우리 반에서 가장 조용한 아이, 은수였어. 은수와 나는 평소에 말을 거의 해 본 적이 없는 사이야. 사실 은수는 우리 반 누구와도 친하지 않은 것 같기는 해.

은수의 눈을 보면서 발표하니까 왠지 마음이 편해졌어. 발표가 아니라 그냥 친구에게 이야기하는 느낌이 들었지.

*

발표하기 전날, 나는 꿈에서 본 것처럼 공책에 발표할 내용을 썼어. 발표할 내용을 쓰던 중에 번뜩이는 아이디어가 떠올랐어. 빵을 소개하는 광고지도 같이 만들어서 보여 주면 좋을 것 같더라고. 색연필과 사인펜으로 꾸며서 광고지를 만들었어.

그리고 발표할 내용을 처음부터 끝까지 여러 번 외운 후에 엄마 앞에서 발표해 보았지. 꿈에서 본 것처럼 엄마는 손뼉을 치며 칭찬해 줬어.

"소원이 발표 실력이 많이 늘었구나. 내일도 잘할 수 있을 거야."

수요일 아침이 되었어. 선생님은 칠판에 '1분 말하기'라고 쓰시고 내 이름을 부르셨어. 떨리는 발걸음으로 칠판 앞으로 나갔어. 이준호와는 눈을 마주치지 않으려고 애썼어. 그 대신 2분단 중간에 앉아 있던 그 아이를 찾아냈어. 나를 보며 은은하게 미소 짓고 있는 은수를 말이야.

"제가 가장 좋아하는 음식은 빵입니다. 저는 빵을 좋아해서 엄마가 '빵순이'라는 별명도 붙여 주셨습니다. 제일 좋아하는 빵은 밤 식빵입니다. 엄마가 좋아하고 자주 사 주셔서 저도 같이 좋아하게 되었습니다. 빵에는 부풀어 오르게

하는 이스트라는 재료가 들어가는데요. 저도 이 재료처럼 꿈을 크게 키우고 싶습니다. 제 꿈은 프랑스에 가서 빵과 디저트 만드는 법을 배우고 우리나라로 돌아와 멋진 빵집 겸 카페를 차리는 것입니다. 이 광고지처럼 빵집에서 판매하는 빵을 직접 소개하는 글을 써서 손님들에게 빵에 대한 정보를 알려 줄 겁니다."

연습한 대로 말이 술술 나왔어. 친구들 앞이 아니라 은수라는 친구 한 명에게 이야기하는 것 같다는 느낌이 들었어.

순식간에 교실이 고요해지고 나와 은수, 단둘만 있는 것 같았지.

"소원이가 발표를 또박또박 잘하는구나. 내용도 좋고, 빵을 소개하는 광고지를 직접 만들어서 보여 준 것도 참 좋았어. 선생님도 나중에 소원이가 차린 빵집에 꼭 가고 싶은걸?"

선생님이 내 어깨를 두드리며 칭찬해 주셨어. 선생님께 발표로 칭찬을 들은 건 처음이었어. 기분이 풍선처럼 두둥실 날아올랐어. 다음부터 선생님께서 "발표해 볼 사람?"이라고 물으시면 번쩍 손을 들어야겠다고 생각했어.

밤 콕콕 식빵

푹신푹신

쫄깃쫄깃~~

푹신푹신하고 쫄깃한 식빵 속에 올해 수확한 햇밤이 가득

해요. 다른 빵집의 밤 식빵보다 밤이 세 배 더 들어 있어요.

지금까지 알고 있던 밤 식빵은 가라!

신비한 빵집의 밤 식빵을 강력 추천합니다!

잘하지 못할까 봐 걱정돼요.

잘하는 게 없는 것 같아요.

무언가 잘하고 싶은 일이 있나요? 오늘부터 조금씩 연습해 보세요. 줄넘기를 잘하고 싶다면 매일 줄넘기를 50개씩 연습하고, 그림을 잘 그리고 싶다면 매일 연습장 한 장씩 그림을 그려 보는 거예요. '그림 그리는 법'을 설명해 주는 유튜브를 보면서 그려도 좋아요.

처음부터 너무 욕심을 내서 많이 하려고 하면 계획대로 하지 못할 확률이 높아요. 오히려 금방 포기하게 될 수도 있어요. 매일 연습할 내용을 너무 많지 않은 양으로 정해 보세요. 하루하루 꾸준히 연습해서 쌓은 실력은 밤 식빵 속에 콕콕 박혀 있는 밤처럼 여러분의 단단한 자신감이 되어 줄 거예요.

잘하지 못할까 봐 걱정되나요? 매일 자기 전 내가 잘하고 싶은 일을 잘하게 된 내 모습을 상상해 보세요. 시험이 일주일 남았다면 긴장하지 않고 시험을 보는 모습을 상상해 보세요. 새 학기 첫날 친구에게 먼저 말을 거는 모습을 자세하게 떠올려 봐도 좋고요.

우리의 뇌는 상상한 장면을 현실로 만드는 힘이 있거든요. 자기 전에 생각한 일은 뇌에 깊이 기억되어 실제로 그 일을 잘할 수 있게 도와준답니다.

식빵처럼 푹신하고 편안한 마음을 준비한다면 더욱 좋겠지요? 이스트를 넣으면 빵이 크게 부풀어 오르는 것처럼 여러분의 자신감도 쑥쑥 자랄 거예요.

친구와 친해지는
민트 초코 도넛

수업이 끝나고 빨리 신비한 빵집으로 달려가고 싶어서
몸이 근질거렸어.

나는 구불구불 좁은 길을 달렸어. 달려가다가 전봇대와
쓰레기봉투에 부딪힐 뻔한 걸 요리조리 피했지.

초록색 문을 벌컥 열자 토끼가 갓 구운 과자를 진열대에
옮기고 있었어.

"토끼 씨 덕분에 발표 성공했어요! 고마워요!"

"손님은 고마운 마음을 잘 표현하는 사람이군요. 앞으로
더 좋은 일이 많이 생길 겁니다."

"다른 손님들은 고맙다고 말하지 않았나요?"

"이 빵집에 찾아온 어린이들에게는 항상 첫 방문 기념으로 빵을 주었지요. 그중에 고맙다고 말하러 온 친구는 백명 중 한 명 정도예요. 뭐, 고마운 마음을 표현하면 고마운일이 더 많이 생기는 마법을 잘 모르는 거죠."

'생각보다 많은 사람이 이 빵집에 다녀갔구나.'

토끼가 눈을 가늘게 뜨며 말했어.

"그런데 손님, 혹시 진짜 고민이 따로 있지는 않나요?"

"아……."

순식간에 마음이 먹구름처럼 어두워졌어.

사실 진짜 고민이 하나 있었어. 바로 친구 문제야.

자세히 말하지 않아도 마음을 읽는 토끼라는 것은 알고 있었어. 그렇지만 나도 모르게 내 고민을 주절주절 말하기 시작했어.

*

나는 올해 처음 같은 모둠이 된 지민이와 금방 친해졌어. 지민이와 작년부터 같은 반이었던 채영이와도 친해져서 셋이 같이 다니게 되었지.

그런데 나보다 일찍 둘이 친구로 지내서 그런 걸까? 둘이 훨씬 더 친한 것 같았어.

지민이와 채영이는 화장실에 갈 때 꼭 서로를 찾았어. 내가 화장실에 같이 가자고 하면 지민이는 같이 가 주기는 했지만 먼저 같이 가자고 한 적은 없었어.

한번은 채영이에게도 같이 가자고 했는데 귀찮은 표정을 지으며 "나 지금 학원 숙제해야 해."라고 말하더라고.

그 뒤로 채영이에게 무언가를 하자고 먼저 말한 적은 없어. 이상하게 채영이 눈치가 조금 보인달까? 쉬는 시간이나 점심시간에 셋이 놀 때 내 말에 대답을 잘 안 해 줄 때가 많았어. 둘이 신나게 이야기하느라고 말이야.

어느 순간부터 채영이가 눈에 띄게 내 말을 무시하는 것 같았어.

"오늘 급식 스파게티래! 엄청나게 기대된다."

"나는 스파게티 별론데."

"아, 그래?"

내가 무슨 말만 하면 "아니." "별로야." "전혀." 같은 대답만 하면서 안 받아 주더라고.

그리고 자꾸 지민이의 귀에 입을 대고 소곤거렸어.

"지민아, 있잖아."

그러면서 둘이 까르르 웃었어.

공기놀이할 때 한 명이 남아서 급하게 만든 깍두기가 된 기분이 들었어. 공기를 잘하면 아이들이 깍두기를 좋아하지만, 깍두기가 잘하지 못하면 눈엣가시처럼 취급하거든.

그래도 반 친구들과 아직 어색할 때 먼저 말 걸어 준 친구들이라서 꾹 참고 같이 다녔는데…….

지민이의 책상 위에서 '비밀 일기장'이라고 쓰여 있는 공책을 봤어.

'비밀 일기장? 지민이가 몰래 쓰는 일기인가?'

그런데 점심시간에 채영이가 지민이의 비밀 일기장을 보면서 실실 웃고 있는 거야.

'몰래 보는 건가? 친구 일기를 몰래 보면 안 되는데.'

지민이가 채영이 자리에 가서 말했어.

"채영아, 내가 쓴 거 되게 웃기지 않니? 너는 언제 쓸 거야?"

"응, 오늘 집에 가서 쓰고 내일 줄게."

그제야 알게 되었어. 나를 쏙 빼고 둘이서만 교환 일기를 쓰고 있다는 걸.

*

내 이야기를 들은 토끼가 턱을 만지며 말했어.

"셋은 참 어려운 숫자지요. 누군가 한 명은 꼭 쓸쓸해지거든요."

"토끼 씨도 셋이 같이 놀았던 적이 있으세요?"

"어렸을 때부터 친했던 동네 친구들이 있었어요. 우리 셋은 항상 같이 다녔지요."

"그 친구들도 둘이서만 더 친하게 지낸 거예요?"

"나중에 둘이 결혼했어요. 지금 아들 다섯, 딸 다섯 낳고 잘 삽니다."

토끼의 얼굴이 굉장히 슬퍼 보였어.

'아, 둘 중 한 명을 토끼 씨가 좋아했던 거구나.'

엄마가 보던 드라마의 내용과 비슷하다고 생각했어.

"그 친구들 말고 다른 친구를 찾아보는 건 어때요?"

"근데…… 채영이는 솔직히 잘 모르겠지만…… 지민이는 저를 좋아하긴 하거든요."

학교 앞 분식점에서 지민이가 컵볶이를 사 줬던 일, 얼음땡 놀이를 할 때 계속 달려와서 '땡'을 외쳐 준 일, 같이 다이어리에 붙일 스티커를 사러 갔던 일이 떠올랐어.

"흠, 다른 친구를 데려와서 네 명 그룹을 만드는 건 어때요? 짝 맞추어 다니게."

토끼의 말에 나는 깜짝 놀라고 말았어. 작년 우리 반을 생각해 보았어. 실제로 셋이 다니다가 어느새 네 명이 같이

놀기도 하고, 다섯 명이 놀다가 한 명이 떨어져 나가기도
했지.

'생각보다 여자아이들 관계에 대해서 잘 알고 있는지도?'

우리 반 친구들의 얼굴을 하나하나 떠올려 보았지만, 딱
히 새로 데려올 만한 친구가 없었어.

"이미 다른 친구들도 다 친해져서 그룹이 만들어졌어
요."

"흠⋯⋯."

토끼는 곰곰이 생각하는 표정을 지었어.

"잠시만 기다리세요."

주방으로 들어간 토끼는 보라색 나비 무늬가 그려진 접
시를 식탁 위에 올려 주었어. 민트색 시럽이 올라간 도넛
위에 초콜릿 알갱이가 뿌려져 있었어.

"달콤한 걸 먹으면 기분이 좋아질 거예요. 나는 울적할 때
마다 달콤한 디저트를 먹지요. 그러면 기분이 괜찮아져요."

"어⋯⋯ 첫날만 서비스라고 하셨잖아요."

"당연히 이제부터는 공짜가 아니랍니다. 빵을 먹는 대신
손님은 어린이 친구들에게 빵을 소개하는 글을 써 주세요."

“빵을 소개하는 글이요?”

“그래요. 또래가 쓴 글을 읽으면 어린이들이 빵의 맛이 어떤지, 어떤 빵을 주문해야 하는지 알기 쉬울 것 같아요. 손님이 쓴 글을 빵 옆에 메모지로 붙이고 온라인 주문 사이트에도 올릴 겁니다.”

‘내가 쓴 글을 다른 친구들이 읽고 빵을 주문하는 데 참고한다니!’

다른 것도 아니고 빵을 소개하는 거라면 제법 자신이 있었어. 내가 빵을 좋아하고 제빵사가 되는 게 꿈이라는 걸 잘 아는 엄마가 자주 빵집에 데려가서 여러 종류의 빵을 먹을 수 있게 해 줬거든.

‘천천히 맛을 느끼면서 먹어야지. 그래야 친구들에게 이 빵을 소개하는 글을 쓸 수 있을 거야.’

나는 치약 같은 민트 시럽과 초콜릿이 어우러지는 맛을 입안 가득 느껴 보았어. 달콤한 초콜릿이 마음을 달래 주고 알싸한 민트 향이 고민을 잠시 잊게 해 주는 것 같았어.

이상하면서도 묘하게 끌리는 민트 초코 도넛의 맛을 최대한 기억해야겠다고 다짐했어.

꿈을 꾸었어. 지난번 발표할 때 잘 들어 주었던 은수가 또 나왔어.

은수가 식판을 들고 가다가 꽈당 넘어졌어.

"아야!"

"괜찮아?"

내 옆자리에서 넘어져서 나는 얼른 은수 옆으로 갔어.

선생님이 황급히 오셔서 은수를 일으키셨어.

"에고, 옷에 묻었네. 선생님이 닦아 줄게. 소원아, 선생님 책상에서 물티슈 좀 가져올래?"

선생님은 근처에 있던 나에게 말씀하셨어.

"네!"

나는 선생님 책상으로 빨리 달려가서 물티슈를 가져왔어. 선생님이 물티슈로 소원이 옷 앞부분에 국물로 얼룩진 부분을 닦아 주셨어.

"어느 정도 닦기는 했는데 많이 젖었네. 불편하면 엄마께 갈아입을 옷 좀 가져다 달라고 말씀드릴까?"

"아니에요, 괜찮아요."

은수는 손으로 옷을 털며 말했어. 선생님은 바닥에 흘린

미역국을 닦으셨고 나도
옆에서 도와드렸어.

'이건 엄청 예전에 있었
던 일인데, 왜 꿈에 나오는
거지?'

은수가 점심시간에 학교
도서실에서 혼자 만화를 그리고 있었어. 얼핏 보기에도 그
림 실력이 굉장했어. 무슨 만화를 그리는지 궁금했어. 옷
에는 얼룩이 조금 남아 있었어.

장면이 책장을 넘기듯 바뀌었어. 은수가 방에서 일기를
쓰고 있었어.

우리 반 소원이는 친절해서 좋다. 나처럼 책을 좋아하는 것 같
다. 말을 걸고 싶지만 혹시 싫어할까 봐 걱정된다. 소원이와 더 친
해지고 싶다.

'은수가 나랑 친해지고 싶었구나. 그래서 발표할 때 그렇
게 열심히 들어 준 건가?'

나와 친해지고 싶은 친구가 있다는 것만으로도 위로가
되었어. 나와 친해지고 싶은 사람이 있다는 건 나도 조금은
괜찮은 면이 있다는 뜻이겠지? 구겨진 종이처럼 쪼그라진
마음이 조금 펴지는 것 같았어.

*

다음 날 나는 은수를 관찰했어. 은수는 쉬는 시간에도 혼
자 만화를 그리고 있었어. 친구들과 이야기하는 모습을 거
의 못 봤어. 다른 친구들도 은수에게 말을 걸지 않았지.

'지민이와 채영이가 나와 놀아 주지 않으면, 나도 은수처
럼 혼자 있어야 하는 걸까? 혼자는 싫은데……. 은수도 혼
자 있는 게 싫을까?'

꿈에서 은수가 썼던 일기가 떠올랐어. 나와 친해지고 싶
다고 쓴 그 일기 말이야.

'꿈속에서 나온 내용이 진짜인 건가?'

진짜인지 아닌지 알아보기로 했어. 은수에게 말을 걸어
보기로 한 거야.

"저기, 은수야. 뭘 그렇게 열심히 그리는 거야?"

"아, 만화 그려."

"한번 읽어 봐도 돼?"

"응…….."

은수는 수줍게 볼을 붉히더니 연습장을 내밀었어. 앞 장에 '소심이의 영웅담'이라고 쓰여 있었어. 연습장을 한 장두 장 넘기던 나는 깜짝 놀라고 말았어. 소심한 주인공이순간 이동, 하늘을 날아다니기, 사람 마음 읽기처럼 특별한능력을 얻어서 도움이 필요한 친구들을 구해 주는 내용이었는데, 뒤에 나올 내용이 궁금할 만큼 흥미진진했어.

"우아, 이거 진짜 네가 그린 거야? 너 나중에 웹툰 작가 해도 되겠다!"

"아…… 그게 내 꿈이긴 해."

"진짜 잘 그린다. 나중에 꼭 웹툰 작가 해라!"

"정말?"

은수의 목소리가 '도'에서 '미'로 조금 높아진 것 같았어. 햇살처럼 밝은 표정을 보자 은수와 더 친해지고 싶은 마음이 들었어. 이렇게 흥미로운 만화를 그릴 줄 아는 친구라면, 친해지면 재미난 일이 많아질 거라는 확신도 들었지.

이럴 때 아빠가 있었다면 새 친구를 사귀었다고 자랑했을 거야. 아빠가 "우리 공주, 좋겠네? 마음에 드는 친구면 집에 한번 데려와."라고 말해 줬을 텐데. 요즘에는 아빠가 내 꿈에도 잘 찾아오지 않는 것 같아. 이러다가 아빠 얼굴을 잊어버리면 어떻게 하지?

민트 초코 도넛

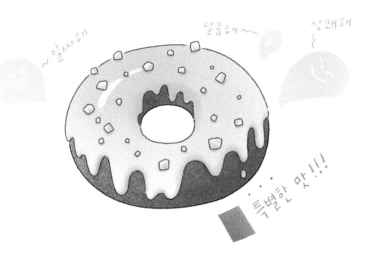

~ 알싸해

달콤해~

상쾌해

· · ·
특별한 맛!!!

치약 맛 같아서 싫다고요? 목캔디 같은 알싸한 맛은 감기

가 금방이라도 나을 것처럼 상쾌해요. 진한 초콜릿 맛은 눈이

스르륵 감길 것처럼 달콤하고요.

민트 초코만 좋아하는 '민트 초코파'가 있다는 걸 아나요?

파인애플 피자나 고추냉이 맛 감자칩처럼 평범한 것보다 특

별한 맛을 좋아하는 친구들은 한번 꼭 먹어 보세요.

고민 상담소

아직 반에서 같이 놀 친구가 없어요.

반에서 셋이 같이 다니니까 가끔 소외된 기분을 느껴요.

지금 반에서 함께 놀 친구가 없나요? 아니면 혹시 소원이처럼 세 명이 같이 다니느라 혼자 쓸쓸한 기분을 느끼고 있나요? 주변에서 아직 친한 친구를 사귀지 못한 친구를 찾아보세요. 그 친구와 일대일로 친하게 지내도 되고, 내가 속해 있는 그룹의 친구들과 같이 놀면서 자연스럽게 합류할 수 있도록 도와줘도 좋아요.

알고 보면 정말 괜찮은 친구인데 수줍음이 많아서 아직 친구들과 친해지지 못했을 수도 있어요. 말을 걸어 보면 여러분과 통하는 부분이 생각보다 많을지도 몰라요. 그 친구도 여러분과 친해지고 싶었을 수도 있고요.

자리가 가까우면 금방 친해져요. 짝꿍이나 같은 모둠이 된 친구에게 편하게 말을 걸어 보세요. 비슷한 점이 하나만 있어도 친해질 수 있어요. 친구가 가져오지 않은 물건을 먼저 빌려주어도 좋고, 친구가 좋아하는 것을 물어보며 비슷한 점을 찾아보세요.

민트 초코는 많은 사람이 좋아하는 맛은 아니에요. 그렇지만 몇몇 사람은 가장 좋아하는 맛으로 꼽고는 하죠. 많은 사람이 나를 좋아해 줄 필요는 없어요. 친구가 많다고 해서 우정의 질까지 높은 것은 아니랍니다. 마음이 통하는 한 친구만 있어도 충분해요. 마음을 열고 다가가면 평소 친하게 지내지 않던 친구의 매력을 발견할 수 있을 거예요. '치약 맛은 싫은데.'라며 먹지 않았던 민트 초코가 어느 날 갑자기 묘한 매력으로 느껴지는 것처럼 말이지요.

반에서 아직 친한 친구를 사귀지 못하거나 친구들 그룹에 들어가지 않은 친구 중에 친해지고 싶은 친구가 있나요? 오늘 하루 쉬는 시간과 점심시간에 교실을 관찰하면서 친해지고 싶은 친구가 있는지 찾아보세요. 있다면 친구의 이름을 써 보세요.

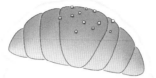

쫄깃한
말발이 생기는
단짠 소금 빵

"너도 혹시 '한 입만 더' 봐?"

"응, 나 구독자 수 1만 명일 때부터 구독한 '찐팬'이야."

"우아, 통했다! 그거 나도 보는데."

은수는 생각보다 나랑 통하는 게 많았어. 먹방 유튜브와 요리 유튜브를 즐겨 보는 것도 비슷했지. 은수도 엄마와 함께 유튜브를 보면서 파스타와 볶음밥을 만들어 본 적이 있다고 했어.

둘 다 책 읽는 걸 좋아해서 서로 재미있게 읽은 책을 빌려주기도 했어. 은수가 '내 멋대로 나 뽑기'를 빌려주고, 나는 '사라진 물건의 비밀'을 빌려주었지. 은수가 추천해 준

책은 다 재밌었어. 은수가 그린 만화 '소심이의 영웅담' 2편을 빨리 그려 달라고 졸라 대기도 했지.

은수는 생각보다 아주 말이 없는 아이는 아니었어. 낯을 좀 가리지만 친해지면 수다스러운 면도 있는 것 같았어.

"너 추천 좀 잘한다?"

"너도."

나는 이를 드러내고 활짝 웃었어.

'힛, 기분이 좀 좋은데?'

은수와 친해진 게 나는 좋았어. 지민이와 채영이가 나만 빼고 화장실에 갈 때도, 둘이서만 속닥거릴 때도, 같이 놀 친구가 생긴 거야.

'나도 너희 말고 친구 더 있지롱!'

이렇게 외치고 싶은 기분이었지.

"소원아, 같이 공기놀이할래?"

"아……."

한참 은수랑 끝말잇기를 하고 있는데 지민이와 채영이가 나를 불렀어. 나는 은수와 채영이, 지민이를 번갈아 보며 말했어.

“은수도 같이해도 돼?”

채영이가 은수를 잠깐 뚫어지게 쳐다보았어. 다시 내 쪽
으로 고개를 휙 돌리더니 말했어.

“안 돼. 현주도 같이하기로 했단 말이야.”

“맞아, 다섯 명이면 짝이 안 맞잖아.”

지민이도 옆에서 거들었어.

“나는 지금 화장실이 급해서…… 안 해도 돼.”

은수가 고개를 숙이고 자리에서 일어나며 말했어.

“아, 그래?”

나는 지민이가 잡아끄는
손에 이끌려 교실 뒷자리로
가서 공기놀이를 했어.

그 이후로도 내가 은수와
보드게임을 하고 있을 때,
은수 자리에서 이야기를 나
누고 있을 때, 지민이가 나
를 자꾸 다른 데로 데려가는
것 같았어.

"야, 고무줄놀이하러 나가자."

"잠깐만, 이거 다 끝내고 나갈게."

"안 돼. 너 없으면 한 명 부족하단 말이야. 빨리 나가자!"

그때마다 은수에게 미안한 마음이 들었지만, 지민이가 하자는 대로 했어.

지금 우리 반에서 나랑 제일 친한 친구는 지민이니까 지민이랑 더 놀아야 한다고 생각했지. 그리고 은수하고만 놀다가 지민이, 채영이랑 멀어지면 안 될 것 같았어.

*

다음 날, 국어 시간이었어. 선생님께서 모둠별로 역할극 대본을 나누어 주셨어. 역할을 정해서 연습하고 5교시에 발표하기로 했지.

"공주 역할 하고 싶은 사람?"

모둠장인 현주가 같은 모둠 친구들을 둘러보며 물어봤어.

채영이가 손을 들었어.

"내가 할래."

나도 조심스레 손을 들었어. 대본을 보니 공주가 가장 대사가 많았거든. '1분 말하기' 이후로 자신감이 생겨서 발표하는 데 재미가 붙기도 했고.

"김소원, 너도 하고 싶다고?"

왠지 채영이가 나를 째려보는 것 같았어.

"솔직히 유채영이 공주에 더 어울리지 않나?"

이준호가 당연하다는 듯 말했어.

"오, 너 유채영 좋아하냐?"

찬우가 낄낄거리며 말하자 이준호의 얼굴이 귀까지 새빨개졌어.

"좋아하긴 뭘 좋아해! 못생긴 김소원보다는 그나마 조금 낫다는 거지!"

'채영이를 칭찬할 거면 칭찬만 할 것이지. 왜 또 나를 건드려?'

갑자기 화가 울컥 났지만, 기분 나쁜 티를 내면 더 창피할 것 같아서 입을 꾹 다물었어. 못생겼다고 하는데 화를 내면 진짜 못생긴 애라서 발끈한다고 생각할 것 같았어.

"오늘 채영이가 입은 옷이 약간 공주 드레스 같으니까 그럼 채영이로 할까?"

현주가 말하자 공주 역할은 자연스럽게 채영이로 정해지는 분위기였어.

'채영이 옷은 공주 드레스고, 내 옷은 뭐 시녀 옷 같다는 거야, 뭐야?'

같은 모둠 애들의 말도 기분이 나쁘고, 오늘 입은 내 맨투맨 티셔츠도 마음에 안 들었어. 그냥 다 짜증이 났어.

나머지 역할은 가위바위보로 정하기로 했어. 모두가 '보'를 낼 때 혼자서 '바위'를 내는 바람에 대사가 하나밖에 없는 마녀 역할을 맡게 되었어.

"야, 김소원. 너랑 딱 맞는 역할이다! 혼신을 담은 연기 부탁할게!"

이준호가 손가락으로 나를 가리키며 깔깔 웃었어.

나는 이준호를 살짝 노려보는 것 말고는 아무 말도 하지 못했어. 매번 나를 무시하는 이준호에게 뭐라고 하지도 못하는 내가 싫어졌어.

이준호의 말이 심하다고 말해 주지 않는 모둠 친구들도 미웠고…….

이준호보다 더 얄미운 건 주인공 역할을 맡는 게 너무 익숙해 보이는 채영이였지만 말이야.

오늘따라 채영이의 커다란 눈과 하얀 피부, 긴 머리, 새하얀 레이스 원피스가 정말 공주처럼 보이는 것 같았지.

쉬는 시간에 화장실에 가서 거울에 비친 내 얼굴을 봤어.

크지 않은 눈에 낮은 코. 동그란 얼굴.

'내가 그렇게 못생겼나? 앞머리를 자르면 채영이처럼 좀 더 예뻐지려나?'

옆머리를 이마 위로 잡아서 앞머리처럼 만들어 보았어.

역시 이상했어.

'우리 공주, 같이 아이스크림 사 먹을까?'

나를 항상 '우리 공주'라고 불러 주던 아빠가 생각났어. 아빠는 내가 세상에서 제일 예쁘다고 했었는데……. '솔직히 예쁜 건 아니잖아.'라고 투덜거리고는 했지만, 아빠 칭찬에 늘 어깨가 으쓱했었어.

이제 나한테 '우리 공주'라고 불러 줄 사람은 아무도 없어. 기분이 물에 젖은 옷처럼 축 가라앉았어.

우리 공주...

딸랑.

초록색 문을 열자 종소리가 울렸어.

토끼가 식탁에 앉아 책을 보고 있었어.

'꿈을 재료로 맛있는 빵을 굽는 비법'

너무 집중하고 있어서 내가 들어온 것도 모르는 것 같았어. 달콤한 걸 먹으면 기분이 조금 나아진다는 토끼의 말이 생각났어.

"저 오늘 아주아주 맛있는 빵이 먹고 싶어요!"

"앗, 어서 와요."

토끼는 보고 있던 책을 등 뒤로 슬쩍 감추었어.

"표정이 좋지 않네요."

"네, 오늘 기분이 정말 별로예요. 달콤한 게 당겨요."

"…… 왜 남자 친구들은 관심이 있는 친구에게 꼭 장난을 칠까요?"

"관심이 있어서 장난을 친다고요? 싫어하니까 장난을 치겠지요!"

나는 나를 무시하고 놀리는 이준호가 생각이 나서 소리

를 빽 질렀어.

작년부터 '우리의 소원은 통일', '소원을 말해 봐.'를 부르면서 엉덩이를 씰룩거리던 이준호.

"램프님, 램프님, 제 소원은 뭐냐면요. 첫 번째 소원은 건물주가 되는 거고요. 김소원, 네 소원은 뭐야? 으하하, 소원이 소원을 빈다!"

알라딘 램프를 문지르는 동작을 하며 웃어 대던 이준호.

'소원'이 들어가는 온갖 말은 다 하면서 나를 놀리는 데 도가 튼 이준호!

같은 반이 또 되어서 정말 짜증 났었어.

"지금 나한테 하는 것처럼 말하면 안 놀릴 것 같네요."

토끼가 웃으며 말했어.

토끼와 말할 때는 내 목소리가 더 커지는 것 같았어.

"토끼들도 마찬가지예요. 관심 있는 토끼를 더 놀려요. 괜히 말 한 번 더 걸고 싶어서 그렇죠. 그렇다고 친구를 함부로 대하는 말과 행동을 해서는 안 되지만."

토끼가 재미있다는 듯 웃었지만 나는 전혀 이해가 가지 않았지.

"손님은 충분히 예뻐요. 모습도, 마음도 그리고 영혼도."

"아니에요. 저는 별로 안 예뻐요."

"다른 사람이 말하는 '나'와 진짜 '나'는 다르다는 걸 꼭 기억하세요."

토끼의 눈에서 갑자기 신비로운 빛이 뿜어져 나오는 것 같았어.

"정말 중요한 건 눈에 보이지 않아요."

"……."

"손님은 있는 그대로 충분해요. 모든 사람의 눈에 예쁘고 멋져야 할 필요는 없습니다."

토끼의 말은 조금 어려웠어. 하지만 예쁠 필요가 없다는 말을 들으니 마음이 조금 가벼워졌어.

"오늘은 달콤함뿐만 아니라 짭조름한 맛도 필요할 것 같군요."

"짭조름한 맛이요?"

토끼가 가져온 건 내가 잘 아는 빵이었어.

"소금 빵이네요? 소금 빵 맛있는데!"

얼핏 보면 크루아상과 비슷하게 생겼지만, 위에 소금 알갱이가 올려져 있고 조금 더 반질반질한 느낌이야.

"친구 사이에서 때로는 단호한 말도 필요하지요. 달콤한 설탕에 소금을 황금 비율로 살짝 넣으면 더 쫄깃하고 맛있는 빵이 되는 것처럼 말입니다."

"이준호랑은 친구 사이 전혀 아닌데요. 저는 남자애들이랑은 친구 안 해요. 남자애들은 너무 시끄럽고 대화도 안 통하거든요."

"후후, 친구 관계가 아니라 모든 인간관계라고 해 둡시다."

친구 관계든 인간관계든 이준호랑은 전혀 맺고 싶지 않았지만, 소금 빵은 정말 맛있었어. 여러 빵집에서 갑자기 경쟁하듯 내놓은 소금 빵과는 차원이 달랐어.

짭짤한 맛을 단맛이 포근하게 감싸 주었어. 겉은 바삭바삭, 속은 쫄깃쫄깃했지.

"대체 비결이 뭐예요? 어떻게 하면 이렇게 맛있는 빵을 만들 수 있는 거죠?"

나는 굳이 프랑스에 가지 않고 토끼의 제자가 되어 빵을 배우면 빵집이 대박 날 것 같다는 예감이 들었어. 제자로 받아 달라는 말은 너무 이른 것 같아서 하지 못했지만.

"영업 비밀입니다. 다음에 기회가 되면 알려 줄 수도 있지만."

토끼는 한쪽 눈을 찡긋 감으며 윙크했어. 이번에는 영화배우를 따라 하는 듯한 표정이었지.

이제는 빵을 먹은 날은 밤에 무슨 꿈을 꿀지 기대가 될 정도였어. 꿈속에서 한 남자아이가 책상에 앉아 무언가 쓰고 있었어.

카메라로 가까이 당겨서 보는 것처럼 갑자기 종이가 크게 보였어. 지난번 선생님께서 같이 앉고 싶은 사람과 같이 앉고 싶지 않은 사람을 쓰라고 한 종이였어.

모두가 쓴 내용을 바탕으로 선생님이 마법처럼 절묘하게 자리를 배정해 주신다고 했었지. 단, 남자 친구는 여자 친구를, 여자 친구는 남자 친구만 쓸 수 있다고 하셨어.

같이 앉고 싶은 사람 : 김소원
같이 앉고 싶은 이유 : 착해서

'어? 내 이름을 누가 쓴 거지?'
남자아이의 뒷모습이 익숙했어.
파란색 티셔츠에 살짝 뻗친 뒷머리. 누구더라?
그 애가 고개를 살짝 돌렸어.

나는 꿈속에서도 벌떡 일어날 것처럼 깜짝 놀라고 말았어. 내가 가장 싫어하는 그 애가 내 이름을 썼던 거야.

이제야 이해가 갔어. 우리 반에서 가장 상냥한 남자애인 지율이를 썼는데도 이준호가 내 짝꿍이 된 이유.

'이준호가 내 이름을 적어서 그랬구나.'

같이 앉기 싫은 사람에 이준호 이름을 쓸까 하다가 그냥 아무도 쓰지 않았던 게 후회가 되었어. 그랬다면 선생님이 같이 앉히지 않으셨을 텐데!

같이 짝꿍을 하고 싶은 이유가 '착해서'인 것도 별로 마음에 안 들었어.

"당신이 너무 착하니까 사람들이 당신한테만 일을 시키잖아요. 그러니까 혼자 속 끓이고 이렇게 몸도 아픈 거고요."

예전에 엄마가 병실에 누워 있는 아빠를 나무랐던 것도 생각났어. 놀리고 무시해도 한 마디 못하고 가만히 있는 게 착한 거라면, 착한 거 안 할래!

영화에서 다음 장면으로 넘어가듯이 화면이 휙 바뀌었어.

운동장 수돗가 앞에서 나와 이준호가 마주 보고 서 있

었어.

"하지 마! 그렇게 말하면 내 기분이 나빠. 앞으로 함부로 말하지 않았으면 좋겠어."

나는 이준호에게 당당하게 말하고 있었어. 내 표정은 아주 단호해 보였지.

'잘한다, 김소원! 아주 잘하고 있어!'

나는 주먹을 꽉 쥐고 꿈속의 나를 응원했어.

이준호의 표정이 궁금했어. 얼굴이 흐릿해서 잘 보이지 않았어.

*

"소원아, 그만 일어나!"

엄마가 나를 깨우는 소리에 꿈에서 깨었어. 꿈을 많이 꾸면 잠을 깊게 못 잔다더니, 어깨가 뻐근했어. 따뜻한 물로 샤워하고 머리를 말린 뒤 아침을 대충 먹었어.

"엄마, 나 오늘 원피스 입고 갈래."

나도 채영이처럼 예쁜 원피스를 입고 학교에 가고 싶어졌어.

"원피스? 놀이터에서 놀 때 불편해서 싫다고 하더니."

"아, 오늘은 입을래. 레이스나 리본 달린 원피스 없어?"

"레이스나 리본 달린 건 없고…… 어디 있더라?"

엄마는 옷장을 뒤적뒤적 살펴보았어.

"찾았다! 이거 어때?"

엄마는 작년 생일에 할머니가 사 주신 파란 원피스를 흔들었어.

"파란색 말고 분홍색이나 하얀색은 없어?"

"분홍색이나 하얀색은 때가 잘 타잖아."

"파란색 싫은데……."

"겨울 왕국 엘사도 파란색 원피스 입잖아."

'치, 원피스 새로 사 준다고는 안 하네. 아빠가 있었으면 당장 사 준다고 약속도 했을 텐데.'

원래 엄마는 갖고 싶다고 말하는 건 척척 사 줬었어. 그런데 작년부터는 그런 말이 쏙 들어갔어.

"학교 잘 다녀와."

나는 입이 잔뜩 나와서 대답도 하지 않고 집을 나왔어.

물론 요즘 우리 집 사정이 전보다 어려워졌다는 것도, 엄마가 일과 살림을 하느라고 힘들다는 것도 알고 있어. 그렇지만 괜히 속상해서 툴툴거리고 싶었어.

*

아침부터 이준호가 또 시비를 걸어왔어.

"너 공주병 걸렸냐? 갑자기 원피스는 왜 입은 거야?"

나는 입술을 질끈 깨물었어. 무시하고 화장실에 가려고 뒤돌아섰어. 등 뒤에서 비아냥거리는 목소리가 들렸어.

"너랑 전혀 안 어울리니까 앞으로는 입지 마. 마녀 역할 잘 어울리던데, 마녀 옷이나 입는 게 어때? 으하하!"

화장실로 가던 발걸음이 우뚝 멈췄어. 화가 부글부글 끓어올랐어. 꿈속의 내가 이준호에게 당당히 말하던 모습이 생각났어. 참 멋졌는데.

'그래. 꿈속의 나처럼 나도 할 말은 하고 살자!'

그동안은 이준호가 나를 싫어해서 놀린다고 생각했어. 그냥 피하고 싶었던 것 같아. 그렇지만 내가 싫어서 그랬다는 건 아니라는 생각이 드니까 못할 말이 뭐가 있나 싶더라.

"이준호. 네가 뭔데 나한테 옷을 입으라 마라야?"

"뭐라고?"

"앞으로 나한테 함부로 말하지 마."

"허!"

"또 놀리면 선생님께 이를 거야."

내가 말하는 게 맞을까 싶도록 말이 술술 나왔어.

'오호라, 오늘 말발 좀 사는데?'

이준호가 당황한 표정으로 나를 쳐다보았어. 그동안 가
만히 있던 내가 제대로 따지고 드니까 말문이 막힌 것 같았
어. 꿈속에서 보이지 않았던 이준호의 표정이 바로 저거였

나 봐. 다 이긴 경기에서 홈런 한 방 먹은 표정.

그때 옆에서 현주가 말했어.

"그래, 이준호. 너 평소에도 소원이한테 말이 심하잖아. 그만 좀 해."

"맞아! 너는 얼마나 잘났다고 그래? 거울이나 봐라."

우리 반 남자아이들을 항상 말발로 눌러 버리는 하진이도 거들었어.

"시끄러워! 너희가 무슨 상관이야? 야, 축구하러 가자!"

이준호는 짜증을 한껏 내며 다른 남자아이들을 데리고

교실을 나가 버렸어.

며칠 전 선생님이 파워포인트로 보여 주신 '친구와 사이 좋게 지내는 대화법'이 생각났어.

"네가 그렇게 말해서 내 기분이 나빠. 다음부터는 조심해 줘."라고 말하면, "미안해. 네 기분이 나빴을지 몰랐어. 다음에는 조심할게."라고 공손히 사과하던데.

물론 나도 마냥 착하게만 말하지는 않았다는 건 인정해. 선생님께서 보여 주신 내용에는 '네가 뭔데?'나 '선생님께 이를 거야.'와 같은 말은 나오지 않았거든.

내 생각에는 정말 기분이 나쁠 때, 계속 나를 함부로 대하는 사람에게는 더 확실하고 세게 '하지 마!'라고 말해야 통할 것 같아.

'제법이군요. 잘했어요.'

뒷짐을 지고 말하는 토끼의 목소리가 귀 옆에서 들리는 것 같았어.

토끼의 모습과 신비한 빵집이 떠오르자 나는 실실 웃음이 나왔어. 가슴이 뻥 뚫린 것처럼 시원했어. 나만의 비밀이 있다는 건 참 근사한 거였어.

‘잘했어!’

나는 꿈속에서처럼 다시 한번 나를 응원했어.

‘우리 소원이, 많이 컸구나. 장하다.’

아빠의 목소리가 들리는 것 같아서 갑자기 눈물이 핑 돌
았어.

쫄깃한 말발이 생기는
단짠 소금 빵

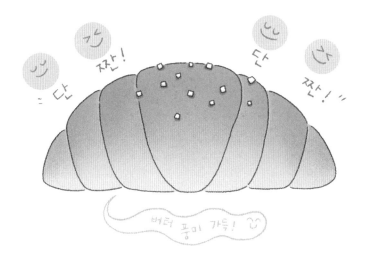

짠맛과 단맛이 기막힌 조화를 이루는 단짠 소금 빵!

과자 먹을 때 달콤한 과자 먹은 다음에 꼭 짭짤한 과자를

먹는 친구, 달고 짠 간장 치킨이나 허니 갈릭 치킨을 좋아하

는 친구들에게 특히 추천하는 맛이에요.

쫄깃쫄깃 바삭바삭, 한입 먹으면 너무 맛있어서 소금 같은

감동의 눈물이 나오고 말 거랍니다.

친구가 자꾸 나를 무시하고 놀려요.

친구가 자꾸 나를 무시하고 놀려서 속상한가요? 나를 만만하게 보는 느낌도 들고요? 친구의 말과 행동을 항상 받아 주고 순하기만 한 게 꼭 좋은 것만은 아니랍니다. 친구를 존중해야 하지만, 할 말은 해야 친구들도 나를 존중해 줘요. 계속 가만히 있으면 친구들이 점점 더 나를 함부로 대하게 된답니다. 누울 자리를 보고 발을 뻗는다고 하지요? 내가 제대로 대처하지 않으면, 친구가 나를 무시할 판을 깔아 주는 것과 같아요.

친구가 나를 놀리면, "그렇게 말하면 내 기분이 나빠. 다음부터는 놀리지 말아 줘."라고 말하세요. 짜증을 내지 말고 차분하게 말하는 게 좋아요.

그런데 싫다고 했는데도 계속 무시하거나 놀리는 친구가 꼭 있지요? 그런 경우는 조금 더 단호하고 직설적으로 말해야 해요.

"하지 마! 계속 놀리면 선생님께 말씀드릴 거야."

"하지 마. 내가 너한테 그런 말을 들을 이유가 없어."

상대방이 소심하게 뭐 이런 걸 가지고 화를 내느냐고 말할지도 몰라요. 내가 소심한 게 아니라 그 친구가 말을 함부로 한 거예요. 내 기분이 계속 나쁘다면 친구가 잘못한 게 맞아요. 그럴 때는 "내가 소심한 게 아니라 네가 예의가 없는 거야."라고 받아쳐도 좋아요.

평소에는 친구들에게 상냥하게 대하고 존중해 주는 친구이지만, 화가 날 때는 화낼 줄 알고 할 말은 하는 친구라는 인상을 심어 주세요. 몇 번 반복하다 보면 친구들도 '이 친구는 이렇게 놀리면 싫어했지?'라는 것을 알게 되어 조심하게 돼요.

싫다는 말을 해 보지 않아서 어색한 친구라면 거울을 보고 수십 번, 백 번이라도 계속 연습하세요. 연습하고 실제로 말하다 보면 언젠가는 자연스럽게 말할 수 있어요. 선생님도 예전에는 친구들이 놀려도 그냥 억지로 웃기만 하는 사람이었는데, 지금은 예의가 없는 사람에게 싫다고, 하지 말라고 단호하게 말할 수 있는 사람이 되었어요. 처음이 어렵지 몇 번 해 보면 생각보다 쉽답니다.

소원이 이루어지는
마법 쿠키

이준호에게 당당히 말한 뒤 자신감에 차 있던 것도 잠시.
더 큰 고민이 시작되고 말았어.

점심시간에 보니, 지민이 책상 위에 그때 본 교환 일기장
이 펼쳐져 있었어. 지민이와 채영이는 화장실에 가고 자리
에 없었어.

나쁜 행동인 건 알지만 둘이 무슨 이야기를 나누는지 너
무 궁금했어.

책상 옆을 스쳐 지나가는 척을 하면서 흘낏 일기장을 훔
쳐보았어. 시력이 2.0이어서 공책의 글씨를 읽는 건 어렵
지 않았지.

우리 언제까지 걔랑 같이 다녀야 해?

작년처럼 둘만 다니면 안 돼? 나는 같이 다니기 싫어.

가슴이 철렁 내려앉았어. 아래에는 파란색 펜으로 이렇게 쓰여 있었어.

우리가 안 놀아 주면 같이 놀 친구가 없는데 불쌍하잖아.

그래도 내 베프는 너밖에 없는 거 알지?

나는 너무 놀라서 얼음처럼 몸이 굳어 버렸어.

'설마 내 이야기인가? 우리 반에서 지민이, 채영이와 같이 다니는 건 나밖에 없으니 내 이야기 맞는 것 같은데.'

이런 내용도 있었어.

그런데 소원이 그거 거짓말이지?

엄마 아빠랑 드림랜드 다녀왔다는 거 말이야.

그런 듯.

내 얘기라는 걸 깨달은 순간 눈물이 핑 돌고 코가 저릿했어.

채영이가 드림랜드 다녀온 이야기를 해서 나도 모르게 엄마 아빠랑 드림랜드에 다녀왔다고 말했던 일이 떠올랐어.

몇 번이나 약속했었지만 가지 못했었던 게 속상하기도 하고, 친구들에게 아빠가 없다는 걸 알리고 싶지 않기도 해서 나도 모르게 거짓말을 했어. 사실 아빠가 없다는 게 나도 아직 실감이 안 났거든.

'거짓말인 거 다 알고 있었구나.'

어디론가 숨어 버리고 싶었어. 교실에 더 있다가는 친구들이 보는 앞에서 펑펑 울어 버릴 것만 같더라.

선생님께 배가 아프다고 말씀드렸어. 5교시 수업 시간

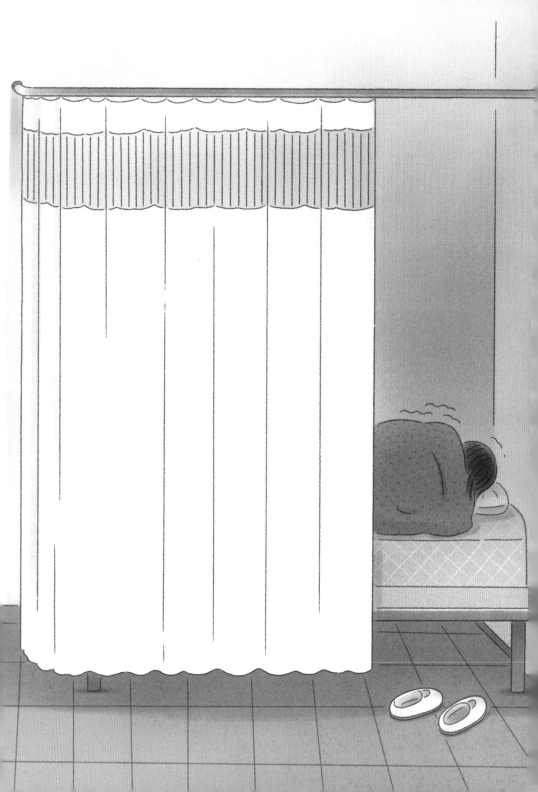

내내 보건실에 누워 있었어.

딩동댕동, 댕동딩동.

수업이 끝나는 종소리가 울렸어. 얼른 가방과 실내화 주머니를 챙겼지. 교실 문을 나서는데 지민이가 다가와서 물어봤어.

"소원아, 많이 아파?"

눈을 잘 못 마주치겠더라.

"괜찮아."

고개를 푹 숙이고 도망치듯 교실을 나왔어.

집에 와서 이불을 뒤집어쓰고 눈물 콧물 범벅이 되도록 울었어. 올해 들어 가장 슬픈 날이었지.

*

"앞으로 이렇게 모른 척 계속 같이 다녀야 할까요? 둘만 놀고 싶어 하는 걸 뻔히 아는데 억지로 매달리는 것 같아서 싫단 말이에요."

나는 훌쩍거리며 말했어.

어느새 나는 토끼에게 엄마에게 하지 못한 얘기도 꺼낼

수 있었지.

엄마는 요즘 코를 드르렁거리며 먼저 잠들기 일쑤여서 학교 이야기를 나눠 본 적이 언제인지 기억나지 않을 만큼 오래됐어.

예전에는 "우리 소원이, 오늘 학교에서 재미있게 놀았어? 엄마한테 얘기 좀 해 줘 봐."라며 먼저 물어봤었는데.

엄마한테 말해서 걱정하게 만드는 것도 싫었어.

"그러면 그 친구들과 조금씩 멀어지는 건 어때요?"

"문제는 이 친구들이 아니면 같이 놀 친구가 없다는 거예요."

"…… 과연 그럴까요?"

"같이 다니고 싶은 친구가 한 명 있는데…… 지금 이미 애네랑 놀고 있는데 어떻게 갑자기 그 친구랑 놀아요."

"그 친구들이랑 노는 게 더 좋나요?"

나는 고개를 저었다.

"그건 아니에요. 우리 반에 은수라는 아이가 있는데요. 애랑 노는 게 더 좋은 거 같아요."

"왜요?"

"왜냐하면, 그 친구들은 저를 가방에 달린 열쇠고리처럼 그냥 달고 다니는 느낌이에요. 둘이서만 놀기 심심할 때, 필요할 때만 찾는 것 같고요."

이 말을 하는데 살짝 울컥해서 목이 메었어. 교환 일기에서 나에 대해 말했던 내용이 다시 떠오르기도 했고.

"은수는 진짜 착하고 내 말을 잘 들어주고…… 나를 진짜 친구로 대해 줘요."

나는 '진짜'라는 말에 두 번 힘을 주어 말했어.

토끼가 슬며시 웃으며 말했어.

"지금 한 말에 모든 답이 다 들어 있네요. 사람들은 답을 마음속에 이미 가지고 있는 경우가 많아요."

나는 토끼의 말이 무슨 뜻인지 곱씹어 보았어. 토끼의 말은 무슨 말인지 바로 알기 어렵더라.

토끼는 주방에서 부스럭거리더니 무언가 들고 나왔어.

사람 모양의 쿠키 여러 개에 밀가루 반죽 같은 것이 들어 있는 틀이었어.

"이게 뭐예요?"

"신제품으로 마법 쿠키를 만들고 있는데, 마지막 재료가 필요해요."

하얀 유리병에 금빛으로 반짝이는 가루가 들어 있었어.

"소원을 이루어 주는 마법 가루예요. 이걸 뿌리면서 소원을 빌어 주세요."

"소원이요?"

"네, 말을 해도 좋고, 속으로 빌어도 좋아요. 간절한 마음이 마지막 재료랍니다."

토끼가 은색 숟가락을 내밀며 말했어.

"이 숟가락으로 마법 가루를 한 숟갈 퍼서 골고루 뿌려 주세요. 소원을 생각하면서 뿌리는 것 잊지 마세요. 간절히 이루어지기를 바라는 마음으로 소원을 빌지 않으면, 효력이 없답니다."

나는 금빛 가루를 뿌리면서 소원을 속으로 빌었어. 토끼가 듣지 않았으면 싶었거든.

토끼가 슬픈 눈으로 말했어.

"소원 쿠키로 사람의 삶과 죽음을 바꿀 수는 없어요. 그건 마법으로 감히 손을 대서는 안 되는 영역입니다."

나는 고개를 떨구었어.

"다른 소원을 빌도록 하세요. 그 대신 약속하지요. 어떤 방법으로든 한 번은 만날 수 있게 돕겠다고……."

어? 왜 이러지? 눈물이 또 나네.

나는 터져 나오려는 눈물을 삼켰어. 목구멍이 울렁거렸어.

"마음이 맞는 친구와 즐겁게 지내고 싶어요."

급하게 다른 소원을 떠올리고
는 말했어.

물론 이것도 내가 올해 가장 바라는 소원이
기는 했어. 사실 초등학생의 모든 고민은 친구 관계에
서 시작된다고 하잖아?

"쿠키가 노릇노릇 구워질 때까지 잠시만 기다려 주세요."

30분 정도 기다린 후 토끼가 준 쿠키를 먹었어.

그리고 나는 내 인생에서 가장 맛있는 '인생 쿠키'를 만나
게 되었지.

다음 날, 지민이가 줄넘기를 들고 나를 불렀어.

"김소원, 줄넘기하러 가자."

갑자기 내 입이 멋대로 움직였어.

"나 지금 은수랑 이거 하려고. 너희들끼리 해."

"우리랑 안 놀고 얘랑 놀겠다고?"

또 입에서 말이 술술 나왔어.

"은수랑 먼저 놀았으니까 하던 건 끝내야지."

"참나! 그래, 맘대로 해!"

지민이는 긴 포니테일 머리를 휙 돌리며 뒤돌아서 성큼성큼 걸어갔어.

그 뒤로도 지민이가 나에게 뭘 같이 하자고 할 때마다 입에서는 거절의 말이 술술 나왔어.

"지금 별로 하고 싶지 않아."

"나는 은수랑 같이 갈게."

"미안. 오늘 학원에 가야 해서 같이 못 갈 것 같아."

세 번 정도 거절했을 때부터 지민이는 나에게 같이 놀자고 말하지 않았어. 채영이는 원래부터 나한테 뭘 같이 하자고 하는 일이 거의 없었고.

나는 지민이, 채영이와 쉬는 시간, 점심시간에 같이 놀지 않게 되었어. 마주치면 서로 인사도 하지 않게 되었지.

그 대신 은수가 나의 새로운 '베프'가 되었어.

은수와 친하게 지내는 건 나에게 딱 맞는 온도의 물에서 편안하게 목욕하는 느낌이었어.

친구들이 나를 싫어하지 않을까, 언제 친구들 틈에서 떨어져 나갈까 불안해하지 않아도 되어서 좋았지. 나를 정말 좋아하고 존중하는 친구라는 생각이 들었어.

은수와 학교 앞 다솜 문방구에서 우정 반지를 맞추고 집에 돌아온 날이었어.

너무 졸려서 침대에 잠시 눕는다는 게 잠이 들어 버리고
말았지.

*

"소원아. 다음으로 뭐 타고 싶어?"

아빠가 다정한 목소리로 물었어.

'아빠? 또 꿈인가?'

주위를 둘러보니 회전목마와 스카이 팡팡이 보였어.

안내 표지판에 큼지막하게 쓰여 있었어.

'꿈과 환상의 세계, 드림랜드'

'앗, 여기 드림랜드구나!'

생일에 아빠랑 같이 가기로 약속했던 곳인데. 아빠의 주
말 근무로 두 번 미뤄지고, 그다음에는 아빠가 입원하면서
가지 못했었지.

"소원아, 엄마 배고픈데 핫도그 먹은 다음에 타자."

엄마가 핫도그 가게를 손으로 가리키며 말했어.

"하하, 엄마가 아주 배고픈가 보다. 금강산도 식후경인
데 먹고 놀자."

"좋아요!"

우리는 꿈돌이 기차 옆 벤치에 앉아 핫도그를 먹었어. 엄마가 비싸니까 나눠 먹자고 했는데 내가 '1인 1 핫도그'는 먹어야 한다고 우겨서 3개를 샀지.

놀이동산에서 먹는 핫도그는 정말 꿀맛이었어.

"소원아, 놀이공원 와서 좋아?"

"응, 엄마 아빠랑 같이 와서 너무 좋아!"

나는 발을 동동 구르며 말했어.

"우리, 이제 바이킹 탈까?"

"응, 좋아!"

"엄마는 멀미를 많이 해서, 그냥 보기만 할게."

아빠와 나는 바이킹을 탔어. 바이킹이 조금씩 움직이기 시작했어.

'괜히 맨 끝에 탄다고 우겼나?'

처음 타는 바이킹이라 나는 조금 무서웠어.

아빠가 내 어깨를 꼭 잡으며 말했어.

"괜찮아, 소원아. 아빠가 옆에 있잖아."

"응."

우리는 신나게 꺅꺅 소리 지르며 바이킹을 탔어.

"아빠, 진짜 재미있었지?"

아빠가 내 눈을 빤히 바라보았어.

"소원아, 함께 있지 못해도 아빠의 마음은 언제나 네 곁에 있어."

"함께 있지 못해도?"

아빠가 슬픈 표정으로 나를 꼭 껴안았어.

"아빠는 항상 네 곁에서 너를 응원할 거야. 아빠가 언제나 너를 사랑한다는 걸 기억해."

그때 귓가에 노래가 들려왔어.

놀이공원을 나올 때 틀어 주는 노래였어.

예전에 들었을 때는 마냥 신났던 것 같은데 지금은 아쉽고 슬펐어.

'사랑하면서 왜 우리를 떠난 거야!'

나는 울면서 아빠에게 소리쳤어.

원망, 그리움, 슬픔, 미안함……. 여러 가지 마음이 밤하늘에 수놓은 별빛처럼 내 마음에 뿌려졌어.

"소원아, 소원아, 일어나 봐."

멀리서 엄마의 목소리가 들렸어.

"소원아, 너 우니?"

엄마가 나를 흔들어 깨웠어.

내 얼굴이 눈물 콧물 범벅이 되어 있었어.

나는 엉엉 울며 엄마 품에 안겼어.

"엄마!"

"얘가 갑자기 왜 이러는 거야?"

"흑흑, 몰라!"

"무슨 일이니? 엄마한테 말해 봐."

엄마는 내 등을 한참 동안 토닥여 주었어.

'아빠가 언제나 너를 사랑한다는 걸 기억해.'

아빠의 목소리가 귓가에 맴돌았어.

마법 쿠키

반짝
반짝!

바삭
바삭!

바삭바삭한 갈색 쿠키 위에 반짝반짝 빛나는 금빛 가루를 뿌려요. 이 쿠키는 제빵사와 손님이 함께 만드는 쿠키예요. 금빛 가루를 뿌릴 때는 소원을 빌어 보세요. 마법 쿠키를 구할 수 없는 사람은 어떻게 하냐고요? 마법 쿠키를 먹지 않더라도 간절하게 원하고 기도하면 이루어질 때가 있어요. 소원을 이루는 데 가장 중요한 재료는 간절히 바라는 '진심'이랍니다.

친한 친구와 함께 놀 때 마음이 편하지가 않아요.

이 친구와 함께 놀 때 마음이 어딘가 불편한가요? 친구가 나를 존중하는 느낌보다는 항상 자기 마음대로만 하는 느낌이 많이 드나요? 친구가 다른 친구들에게 나를 나쁘게 말하는 것 같나요? 친구에게 별로 믿음이 가지 않나요? 친구가 나보다 위에 있는 느낌이 들고 왠지 친구의 말만 따르게 되나요?

이 질문에 하나라도 '그렇다'라는 대답이 나온다면, 친구와의 관계가 건강한지 점검해 봐야 해요. 모든 친구 관계가 건강한 건 아니거든요. 건강하지 않은 친구 관계에서는 내 마음이 더 작아지고 불만이 쌓여요. 좋은 우정을 나누고 있지 못하다는 뜻이에요.

그렇다면 건강하지 않은 친구 관계라는 판단이 들었을 때 어떻게 해야 할까요? 그 친구와 당장 멀어지고 싶지 않다면, 나의 솔직한 마음을 표현해 보는 게 좋아요.

"지난번에는 네가 하고 싶은 걸 했으니까 이번에는 내가 하고 싶은 걸 하자."

"네가 자꾸 내 말을 끊고 네 이야기만 하니까 같이 얘기할 기분이 나지 않아. 내 말을 끝까지 좀 들어 줄래?"

"너랑 계속 친하게 지내고 싶은데, 네가 나를 가끔 무시해서 속상해. 조금 더 나를 존중해 줄 수 있겠니?"

친구는 내가 이렇게 속상해하는 걸 몰랐을 수도 있어요. 처음에는 내가 부탁한 대로 노력할 수도 있고요. 그런데 초반에 조금 노력하는 것 같다가도 자꾸 원래대로 돌아간다면, 혹은 처음부터 내 말을 무시하고 들어 주지 않는다면, 그 친구와 거리를 두는 게 좋을 수도 있어요. 더 잘 맞는 다른 친구를 찾아보는 것도 좋아요. 꼭 그 친구가 나쁘다기보다는 나와 맞지 않는 친구일지도 모르니까요.

가장 중요한 건 친구가 나를 어떻게 대하든 내 가치를 낮게 생각하지 않는 거예요. 남이 나를 어떻게 대하든 나는 세상에서 가장 소중한 사람이라는 걸 잊지 말아요.

진실을 알려 주는
먹물 크림치즈 빵

벌써 일주일이 되었어.

지민이, 채영이가 자꾸 속닥거리며 나를 쳐다보는 게.

지민이는 여자애들에게 인기가 많고 다른 친구들과도 잘 지내는데, 혹시 내 욕을 다른 친구들에게도 하는 것 아닐까?

지민이와 채영이가 다른 친구들에게 내 험담을 할까 봐 걱정되어서 잠도 잘 오지 않았어. 그래도 몇 개월 동안 같이 다닌 친구인데 말을 안 하고 지내니까 마음이 계속 불편하기도 했어.

"오늘의 빵, 한번 먹어 볼래요?"

"오늘의 빵이요?"

"제빵사가 새롭게 출시된 빵이나 그날에 어울리는 빵을 추천하는 거예요. 매일매일 '오늘의 빵'이 달라져요."

울퉁불퉁하고 까만색 돌처럼 생긴 빵이었어.

"굉장히…… 까맣네요?"

"일단 한번 먹어 봐요."

빵을 한입 베어 물었어. 나는 눈이 동그랗게 커졌어.

딱딱하고 검은 빵 속에 이렇게 부드러운 크림치즈가 들어 있을 줄이야.

"우아! 크림치즈가 살살 녹아요."

"마음이 여리고 약한 사람일수록 겉으로 세게 보이려고 벽을 세우는 경우가 많지요. 크림치즈를 둘러싼 먹물 빵 처럼요."

오늘도 토끼는 알쏭달쏭한 말을 했어.

*

오랜만에 꿈을 꾸었어. 거의 한 달 만인 것 같아.

"이제 나랑은 안 노는 거야?"

"아니, 꼭 그런 건 아닌데……."

"새 친구 생기니까 나를 버리는 거야? 너는 내 단짝이잖아."

"……이제는 아니야. 너보다 하은이랑 더 친해."

그 말을 듣고 채영이는 어떻게 그럴 수 있냐고 울었어.

"김소원, 오늘 아트박스 가서 같이 우리 언니 선물 좀 고르자."

"그래, 좋아!"

나랑 지민이가 이야기하고 있는 걸 채영이가 바라보고 있었어.

'이러다가 지민이도 뺏기면 어떻게 하지?'

채영이의 속마음이 생생하게 들려 왔어.

'아, 그래서 채영이가…….'

채영이는 새로운 친구에게 단짝 친구를 빼앗긴 적이 있었던 거야. 그래서 지민이도 나한테 뺏길까 봐 경계했던 거였어.

채영이가 왜 그랬는지 이해할 수 있었어. 나에게 차갑게

대한 것은 조금 억울했지만…….

　뭉게뭉게 구름이 피어나더니 다음 장면으로 바뀌었어.

　익숙한 공간이 보였어.

　'어, 여기는!'

　나만의 비밀 장소, 신비한 빵집이었어.

　토끼와 지민이가 이야기를 나누고 있었어.

　"그 애와 다시 친해지고 싶어요."

　"왜 사이가 멀어진 거죠?"

　"그 애가 저한테 참 잘해 줬는데, 제가 잘 못 챙겨 줬어

요. 작년부터 친했던 친구가 자꾸 눈치를 주기도 했고요.

그런데 저는 사실 그 애가 더 편하고 좋았거든요. 작년부터 친했던 친구는 약간 제멋대로라서 많이 싸워요."

"그렇군요."

"저는 그 친구가 좋았는데 다른 친구가 나쁘게 말하면 저도 모르게 맞장구를 쳐 준 적도 있어요. 그런 게 좀 후회가 돼요. 그 친구가 그걸 알아채서 저를 멀리하는 것 같아요."

"음, 그렇다면 이걸 추천할게요. 만드는 데 시간이 좀 걸리니까 내일 다시 찾으러 오세요"

지민이의 모습에서 내 모습이 겹쳐 보였어. 지민이와 채영이 눈치를 보면서 은수를 챙겨 주지 못했던 내 모습이 말이야.

'지민이가 채영이 눈치를 봤던 거구나. 지민이는 항상 강해 보여서 누구 눈치를 볼 거라고는 생각하지도 못했어. 알고 보면 지민이보다 채영이 기가 더 센 건가? 아니면 지민이가 정말 생각보다 마음이 약한 걸까?'

겉으로 보이기에는 채영이가 훨씬 약해 보였는데, 둘 관계는 조금 달랐던 건지 아리송했어.

'그래도 지민이만큼은 나를 친구로 생각했다고 느꼈던 게 틀린 게 아니었어!'

둘의 속마음을 알게 되었다고 해서 서운한 마음이 갑자기 사라진 것은 아니었어. 그렇지만 둘이 왜 그렇게 행동했는지 알게 되니까 복잡하게 엉켜 있던 실타래가 풀린 느낌이었어. 무엇보다 내가 부족해서, 인기가 없어서 친구들과 멀어졌던 건 아니라는 확신이 들었어.

*

"지민이가 저를 싫어한 게 아니었어요!"

나는 빵집 문을 열고 다짜고짜 외쳤어.

"내가 말했죠? 겉으로는 단단해 보여도 속은 여리다니까요. 이래서 대화를 해 보지 않으면 그 사람의 마음을 알 수 없다고 하는 거예요."

토끼가 싱긋 웃으며 말했어.

"사실 저를 더 좋아한대요."

"그럼 그 친구와 다시 친해지고 싶나요?"

"저는 은수랑 지민이, 채영이와 넷이서 다 같이 친해지고 싶어요."

"그 친구들이 밉지는 않나요?"

"조금 밉기는 한데요. 저도 대화를 솔직하게 나눠 보지 못하고, 무시하고 멀어지는 것부터 선택했으니까요."

"그럼 친해질 기회를 만들어 봐요."

"어떻게 만들죠?"

"무언가 같이 준비할 일이 있으면 좋아요. 대회라든가, 장기자랑이라든가. 같은 목표를 가지고 노력하다 보면 서로 동지애가 생겨서 더 친해질 수 있거든요."

토끼의 말에 일리가 있다고 생각했지만, 아무리 생각해도 세 사람 사이에는 접점이 없어 보였어.

"그런데 곧 올 시간이 됐는데……."

토끼가 금색 시계를 보면서 말했어. 누군가를 기다리는 것 같았어.

"누가요?"

"아, 어떤 손님이 어제 신제품을 주문했거든요. 오늘 3시에 찾으러 온다고 했어요."

종소리가 들렸어. 고개를 돌려 문 쪽을 쳐다보았어.

"어?"

나는 문을 열고 들어온 사람을 보고 깜짝 놀랐어.

눈을 동그랗게 뜬 지민이가 문 앞에 서 있었어.

"김소원, 네가 왜 여기 있어?"

"나 빵 좋아하잖아. 그러는 너는 여기 왜 온 거야?"

"아, 나도 빵 좀 사 먹으려고."

지민이가 머쓱한 듯이 머리를 긁적였어.

"어서 와요, 손님. 어제 주문한 상품 준비됐어요."

"아, 네."

"멀어진 사람과 다시 가까워지는 '딱 붙어 엿'입니다."

토끼가 지민이에게 종이봉투 하나를 내밀었어.

지민이가 나를 쳐다보며 민망한 듯 웃었어.

‘지민이도 나와 다시 친해지고 싶었구나.’

나도 지민이를 보고 웃었어.

"이거, 너 때문에 산 거 아니다?"

"그래?"

자꾸만 웃음이 새어 나왔어.

"아, 진짜! 아니라고! 언니랑 싸워서 주문한 거야."

지민이는 얼굴이 붉어진 채 우겼어.

"그래. 알았어, 알았어."

지민이와 이렇게 이야기를 나누니까 처음 친해졌던 때로 돌아간 것 같았어.

살랑살랑 가을바람이 문틈으로 들어왔어.

먹물 크림치즈 빵

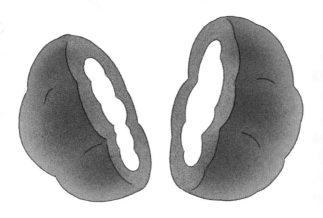

너무 까매서 맛이 없을 것 같다고요? 단단한 먹물 빵의 담

백한 식감으로 시작해서 먹물 빵 속에 숨어 있는 크림치즈까

지 맛보면, 마치 숨겨진 보물을 찾은 기분이 들 거예요. 입안

에서 사르르 녹는 고소하고 달콤한 치즈를 꼭 느껴 보세요.

친구와 멀어졌는데 다시 가까워지고 싶어요.
어떻게 해야 할까요?

싸워서 멀어졌다면

친구와 싸워서 서로 말을 하지 않고 지낼 때는 용기를 내어 친구에게 사과하는 게 좋아요. 물론 그 친구도 잘못한 게 있을 거예요. 그렇지만 다시 가까워지고 싶다는 건 그 친구가 소중하다는 뜻일 거예요. 항상 먼저 사과한 상황이 아니라면, 먼저 미안하다고 말해 보세요. 말할 용기가 나지 않으면 편지나 쪽지를 써서 전해 주어도 좋아요. 친구도 답을 해 줄 거예요.

만약 답을 하지 않거나 친구가 화해하기 싫다고 말하면, 속상하더라도 그대로 두세요. 친구의 화가 풀리는 데 시간이 걸릴 수도 있고, 친구가 나와 친하게 지내고 싶지 않은 걸 수도 있어요. 그건 내 잘못이 아니라 그 친구의 마음이 그런 것일 뿐이니까, 그냥 "쟤 마음은 지금 그렇구나."라고 받아들이는 게 좋아요.

학년이 올라가서 반이 바뀌어서 멀어졌다면

이 경우에는 몇 번 친구에게 연락도 하고 같이 놀자고 권해서 다시 친한 사이를 이어 갈 수도 있어요. 나쁘게 멀어진 게 아니니까요. 하지만 한 가지를 기억해야 해요. 예전에 친했던 것처럼 돌아가기는 어려울 확률이 높아요. 원래 학년이 바뀌거나 이사 가면, 그러니까 몸에서 멀어지면 마음도 멀어지는 것은 흔한 일이거든요. 누군가 잘못해서 그렇게 되는 게 아니라, 그냥 자연스러운 일이에요.

물론 서로 잘 맞아서 학년이 바뀌더라도 계속 친한 친구로 남기도 해요. 한 사람만 노력한다고 되는 게 아니라 양쪽 다 서로를 소중히 여기고 관계를 유지하려고 노력할 때 가능한 일이에요. 오랜 시간 좋은 친구로 남는 건 정말 멋진 일이지요. 하지만 그렇지 않다고 해도 너무 실망하지 마세요. 예전처럼 친하지 않다고 해서 나와 그 친구가 마음을 나누고 함께 시간을 보낸 추억까지 사라지는 건 아니니까요. 삶의 어느 한 순간, 서로가 곁에 있었다는 사실을 소중하게 기억하고 자연스럽게 멀어진 사이를 너무 아쉬워하지 않기로 해요.

친구에게 다른 친구가 생겨서 멀어졌다면

그 친구에게 너무 질투하는 마음을 드러내거나 "나랑만 놀자."라고 말하지 않도록 해야 해요. 그렇게 하면 친구는 더 답답한 마음을 느끼고 나를 멀리하고 싶을 거예요. 친구를 사귀는 건 그 친구의 자유이고 권리이니까 나에게 간섭할 권리는 없어요. 물론 "나랑도 다시 친하게 지냈으면 좋겠어."라고 표현할 수는 있겠지만, 그 친구가 다른 친구와 놀지 못하게 만들 수는 없어요. 당장은 아닐지라도, 나에게도 언젠가 더 소중하고 친한 친구가 생길 거예요.

축복을 선물하는
눈꽃 치즈 케이크

신비한 빵집에서 지민이를 만난 후로, 나는 지민이와는 다시 말을 나누게 됐지만, 여전히 채영이와는 데면데면하게 지냈어.

아침에 학교에 가려고 집 밖으로 나오면, 코끝에 찬 바람이 느껴지는 계절이 됐어.

벌써 4학년이 끝나 간다는 게 실감이 나지 않았지.

선생님이 겨울 방학식인 12월 24일에 학급 뷔페를 열자고 하셨어.

친구들 두서너 명이 모여서 팀을 만들고, 우리 반 친구들과 나눠 먹을 음식을 만들자고 하셨지.

"우아, 재밌겠다!"

다들 신이 나서 환호성을 질렀어.

팀은 하고 싶은 대로 정하라고 하셨어. 단, 혼자 남은 친구가 없도록 선생님이 약간의 조정을 하실 거라고 하셨지.

"김소원, 우리랑 같이하자. 네가 요리에는 일가견이 있잖아."

지민이가 나에게 다가와서 말했어.

"하긴, 김소원이 좀 그렇기는 하지."

채영이가 입을 샐쭉대며 말했어.

"그럼 은수도 같이해도 돼?"

"그래, 같이 하자. 준비할 사람이 많으면 좋잖아."

지민이가 웃으며 말했어.

채영이는 약간 불만이 있는 것처럼 보였지만 싫다고 하지는 않았어.

그렇게 해서 지민이, 채영이, 은수와 나는 한 팀이 되었어.

선생님이 계획서를 나눠 주셨어. 어떤 음식을 준비할지 간단히 그림을 그리고 설명을 쓴 뒤, 필요한 준비물을 분담하라고 하셨어.

"과일 꼬치는 어때?"

"그런데 꼬치를 애들 수만큼 스물여섯 개 준비하려면 돈이 많이 들 것 같아."

"그럼 케이크는 어때?"

"케이크?"

"응, 크리스마스 기념으로 학급 뷔페를 여는 거잖아. 크리스마스 케이크가 있으면 다들 좋아할 것 같아."

"그거 좋다. 우리 반을 상징하는 장식을 하면 좋을 것 같아."

"우리 집에 있어. 케이크에 글씨 쓸 수 있는 생크림 펜 그리고 오븐이랑 쿠키 틀이 있어서 쿠키도 구워 올 수 있어."

"아, 진짜? 은수 너 대단하다!"

집에 많은 아이템을 가지고 있다는 은수의 말에 채영이가 눈을 빛내며 말했어. 채영이는 원래 승부욕이 강하거든. 꼭 1등을 하고 싶은 거였어.

"잠깐 사이에 너희 좀 친해진 거 같다?"

지민이가 둘을 지켜보다가 흥미롭다는 듯이 말했어.

"흥, 아직은 아니거든?"

"아직은 아니야."

채영이와 은수는 동시에 말했어. 둘의 새침한 표정을 보고 나와 지민이는 웃었어.

*

학급 뷔페 날 아침, 친구들은 각자 준비물을 가방에 담아왔어. 아침부터 친구들이 들떠 있다는 게 느껴졌어.

팀끼리 모여 앉아서 음식을 준비하는 동안, 우리가 준비

한 생크림 케이크와 동물 모양 쿠키에 반 친구들의 관심이
쏠렸어. 옆에서 기웃거리며 구경하는 친구들도 있었지.

　나는 생크림 펜으로 문구를 쓰느라 바빴어. 친구들이 내
가 제일 글씨를 잘 쓴다고 나에게 맡긴 거야.

　무슨 말을 쓸까 고민하다가 이렇게 적기로 했어.

'사랑 반 선생님, 친구들. 고맙고 사랑해요!'

이준호가 내 옆으로 다가와서 굽신거리며 말했어.

"김소원, 한입만 줘라."

"야, 이준호 네가 염치가 있으면 소원이한테 달라고 하면 안 되지?"

지민이가 이준호를 째려보며 쏘아붙였어.

"미안해, 김소원. 이제는 안 그럴게."

예전에는 사과도 안 하더니. 이준호가 실실 웃으며 미안하다고 말했어.

진짜 미안해서 그런 게 아니라 케이크가 먹고 싶어서 그런 것 같았지.

그래도 뭐, 사과를 받으니까 기분이 나쁘지는 않네.

내가 작은 케이크 조각을 손으로 살짝 떼어서 내밀었어.

"역시 김소원이 착해!"

"이준호, 이거 먹어라."

그리고 이준호의 얼굴에 케이크를 세게 문질렀어.

"으악!"

눈썹과 코에 생크림이 잔뜩 묻은 이준호가 소리쳤어.

"야, 너 일부러 그랬지?"

"아닌데? 일부러 한 거 아닌데?"

너무 웃겨서 자꾸 웃음이 나왔어.

"소원이, 나이스!"

지민이가 엄지손가락을 치켜들며 웃었어.

반 친구들의 음식이 거의 마무리된 시간. 선생님께서 가장 열심히 만든 3등부터 1등까지 뽑아서 젤리 선물을 주시기로 했어. 열심히 준비한 친구들을 뽑은 후에 학급 뷔페를 열어 다 같이 나눠 먹기로 했지.

"선생님, 빨리 정하고 어서 먹어요. 배에서 자꾸 꼬르륵 소리가 나요!"

아이들이 선생님께 빨리 먹자고 졸랐어.

"알았어요. 잠시만 기다리세요. 맛있는 음식들이 기다리고 있어요."

선생님이 급식대 위에 하얀 전지를 깔고 각 팀에서 준비한 음식들을 정갈하게 올려 주셨어.

우리 반 친구들은 음식을 덜어 먹을 개인 접시와 젓가락, 음료수를 책상 위에 올려놓은 상태였지. 정말 그럴듯한 학급 뷔페가 완성된 셈이야.

"2등 음식은 다정다감 꼬마 김밥과 떡 꼬치!"

"와!"

"선생님이 먹어 봤는데, 맛이 진짜, 팔아도 될 것 같은 맛이에요."

"아, 2등도 아니네."

2등에도 이름이 불리지 않자 실망한 표정을 하는 지민이에게 채영이가 말했어.

"아니야, 혹시 몰라. 1등일지도 모르잖아? 아무리 살펴봐도 우리 것이 제일 나아."

은수도 동의하는 듯 고개를 세차게 끄덕였어.

이 시간만큼은 어색했던 채영이와 은수가 마음이 잘 통하는 것 같더라.

"1등 음식 발표할게요."

반 친구들은 책상과 무릎을 손으로 두드리며, '두구두구' 소리를 냈어.

"사랑 듬뿍 케이크와 동물 친구들 쿠키!"

"꺄아! 1등이다!"

"우리 사랑 반을 상징하는 하트와 친구들에게 전하는 메시지를 쓴 것도 인상 깊었어요. 1등 축하해요."

나는 옆에 있던 지민이와 손깍지를 끼고 소리를 질렀어.

은수와 채영이도 뿌듯한 표정이었어.

친구들과 무언가를 같이 해냈다는 기분이 드니까, 더 친해진 느낌이었어.

"얘들아, 나 케이크 한 조각만 가져가도 될까?"

"누구 줄 사람 있어? 엄마 드리려고?"

"아니, 엄마는 아니고."

"소원이 너, 학원에 좋아하는 남자애라도 생긴 거 아니지?"

지민이가 눈을 흘기며 말했어.

"아니야, 아니야. 너도 한번 와 봐서 알겠지만, 좋아할 만한 애가 없잖아?"

"그건 그래."

지민이가 진지한 표정으로 고개를 끄덕였어.

"지민이 너도 아는 사람이야."

"누군데?"

“귀 좀 내밀어 봐.”

나는 지민이의 귀에 속삭였어.

“신비한 빵집 토끼 씨한테 주려고. 그동안 얻어먹은 게 많아서.”

“아하! 야, 근데 사람이 아니잖아.”

“아, 그렇지? 맞다. 사람이 아니고 토끼네.”

우리는 눈을 마주치며 킥킥 웃었어.

“너희끼리만 자꾸 속닥거릴래? 나 삐진다?”

채영이가 불만이 가득한 표정으로, 팔짱을 끼며 말했어.

“아, 미안. 이제 안 그럴게.”

내가 웃으며 말했어. 채영이가 왜 저렇게 민감하게 구는지 이제 아니까, 나는 훨씬 더 여유 있게 말할 수 있었어.

*

“토끼 씨, 오늘은 제가 드릴 게 있어요.”

이제는 빵집을 우리 집처럼 편하게 드나들고 있었어.

“오, 뭔가요?”

“크리스마스 선물이에요.”

나는 학교에서 만든 사랑 듬뿍 케이크 한 조각이 담긴 통을 내밀었어.

그 순간, 괜히 선물하는 건 아닌가 후회가 됐어.

선생님께 급하게 빌린 통에 대충 넣었더니 케이크가 너무 초라해 보였거든.

"우아, 빵집을 운영하는 지난 10년 동안, 어린이 친구에게 케이크 선물을 받아 보는 건 처음입니다!"

토끼는 지금까지 본 표정 중에서 가장 밝게 웃으며 좋아했어.

"손님이 직접 만든 건가요?"

"네, 친구들이랑 학교에서 같이 만들었어요. 그런데 맛은 기대하지 마세요. 토끼 씨의 실력에 비하면 많이 부족하거든요."

"손님이 나를 생각해서 이렇게 선물하는 마음, 그 마음이 정말 감동적이에요. 진짜 진짜 고마워요. 잊지 않을게요."

토끼는 감격스러운 표정으로, 두 손을 모으며 말했어.

"뭘 또, 그렇게 거창하게 말씀하시고……."

나는 쑥스러워서 말끝을 흐렸어.

"잠시만 기다려요. 답례로 줄 게 있어요."

토끼는 주방으로 잠시 들어갔어. 부스럭거리는 소리가 나더니, 토끼가 조심스러운 동작으로 케이크 하나를 들고 나왔어.

새하얀 케이크 위에 딸기와 블루베리, 체리, 망고가 가득 올려져 있었어. 슈가 파우더가 밤새 내린 눈처럼 뿌려져 있었지.

케이크 가운데 박혀 있는 하얀 초콜릿에는 영어로 글씨가 쓰여 있었어.

"갓(God)…… 블레스(bless) 유(you)?"

"당신의 건강과 축복을 바란다는 뜻이에요."

"아하."

"지난번에 빵 맛의 비결을 물어봤죠? 빵을 만드는 데 가장 중요한 재료는 진심입니다."

"진심이요?"

"나는 언제나 상대방을 진심으로 축복하는 마음으로 빵을 만듭니다. 그 사람이 맛있게 먹기를, 건강하기를, 마음에 평화가 가득하기를."

토끼의 눈이 또 한 번 신비롭게 반짝였어.

"가장 소중한 사람과 나눠 먹어요. 성탄절이잖아요."

토끼는 따스한 노란 빛 상자에 케이크를 조심스레 넣어
주었어.

귀중한 크리스마스 선물을 받은 느낌이었어. 아니, 받은
게 맞아.

"감사합니다. 잘 먹을게요!"

나는 꾸벅 인사를 하고 빵집을 나왔어.

"엄마, 내가 뭐 가져왔게?"

"뭔데?"

"짜잔, 케이크 가져왔어."

"어머, 어디서 난 거야?"

엄마의 표정이 급격히 밝아졌어.

"아, 친구 엄마가 빵집을 하시는데, 크리스마스 선물이라고 주셨어."

사실을 말해 봤자 엄마가 믿지 않을 것 같아서, 급하게 둘러댔어.

"정말? 그렇게 훌륭한 친구 엄마가 있었단 말이야? 누구니?"

"아, 엄마는 잘 모르는 애야."

"그래. 다음에 한번 같이 가자, 그 빵집."

"그래."

신비한 빵집에 같이 가면 엄마의 반응은 어떨까?

어린이를 반긴다고 했지 '어른 출입 금지'는 아니니까, 엄마도 같이 갈 수 있을 것 같았어. 하지만 나만의 비밀 장소로 계속 남겨 두고 싶은 마음도 들었지.

"소원아, 엄마가 케이크 제일 좋아하는 거 아니?"

"그럼, 알지!"

히히, 나는 다 알지.

엄마는 빵집에 가면 생크림 딸기 케이크, 초콜릿 무스 케이크, 뉴욕 치즈 케이크 등 화려한 조각 케이크를 한참 바라보다가 "콩알만큼 작은 케이크가 뭐가 이렇게 비싸."라고 말했어. 마지막에 계산대에 가져가는 건 가격이 만만한 소보로 빵이나 크림 빵이었지.

"우아, 소원아. 이거 가격이 조금 많이 나갈 것 같은데? 뭔가 고급스럽다! 그 엄마한테 다음에 꼭 보답해야겠어."

엄마가 싱글벙글 웃었어.

"갓 블레스 유(God bless you)?"

"축복이라는 뜻이래."

설명하려고 하니까 '축복'이라는 글자만 생각이 났어.

"엄마도 그 정도 영어는 알거든?"

엄마는 싱긋 웃었어.

"케이크 위에 눈처럼 흩뿌려져 있는 게, 꼭 축복이 내려앉은 것 같네."

엄마의 말을 들으니 엄마와 내 머리 위로도 눈처럼 하얀 축복이 내려앉은 거 같았어.

"어, 초도 들어 있네. 소원아, 우리 초 꽂을까?"

"몇 개 꽂지?"

"그냥 큰 거 두 개만 꽂자. 소원이 초 하나, 엄마 초 하나."

엄마가 주방에서 점화기를 가져와서 불을 붙였어.

"그래, 노래는?"

"노래는 됐고, 소원 빌자."

엄마는 금방 눈을 감고 인상을 찌푸리며 무언가 중얼거렸어.

잠시 주변이 고요해졌어.

나도 눈을 감고 지금 가장 바라는 소원을 빌었어.

'엄마가 언제까지나 건강하게 저와 있을 수 있도록, 지켜 주세요.'

"소원아, 엄마 지금 말이 안 나와."

"왜?"

"너무! 너무! 너무! 너무! 맛있다. 여기 맛집이니?"

"……손님이 많지는 않았어."

"그럴 리가 없는데. 맛이 예사롭지 않아."

엄마는 감탄을 연발하며 케이크를 허겁지겁 먹었어.

'이번엔 또 얼마나 맛있길래 그러지?'

입안에서 사르르 녹고 부드럽게 혀를 휘감는 맛.

동화 속 공주님이나 먹을 수 있을 같은 황홀한 맛!

엄마의 호들갑이 단번에 이해가 가는 맛이었어.

"아, 진짜 맛있다."

"덕분에 행복한 크리스마스네! 고맙다, 소원아."

엄마와 나는 깔깔 웃으며 케이크를 나눠 먹었어.

엄마가 오랜만에 밝게 웃으니까 나도 참 좋았어. 아빠도 우리를 흐뭇하게 지켜보고 있을 거라는 생각이 들었지.

아빠가 말했잖아. 함께 있지 않아도 마음만은 함께라고.

창밖을 보니 나뭇가지에 눈이 쌓여 있었어.

내 마음에도 조금씩 기쁨이 쌓이는 것 같았어.

눈꽃 치즈 케이크

눈처럼 새하얀 케이크 위에 딸기, 블루베리, 체리, 망고 등 신선한 과일을 듬뿍 넣었어요. 그 위로 눈부시게 하얀 슈가 파우더가 축복처럼 내려앉았어요. 먹는 사람이 진심으로 건강하고 행복하기를 기원하는 마음으로 만든 눈꽃 치즈 케이크! 이 케이크를 먹으면 조금 힘든 일이 있더라도 마음을 단단하게 지킬 수 있을 거예요.

잘되는 일이 하나도 없는 것 같아요.
저도 다른 친구들처럼 행복해지고 싶은데,
자꾸 짜증이 나고 우울해요.

　자꾸 짜증이 나고 불안하거나 우울하다면, 내 마음이 건강한지 점검해 보아야 해요. 코감기나 목감기에 걸리듯 마음도 감기에 걸릴 수 있어요. 내 마음을 잘 보살펴 주어야 해요. 내가 좋아하는 일을 하면서 푹 쉬어 주어야 하고, 몸과 마음에 좋은 걸 해 주어야 하지요.

　행복해지는 가장 빠르고도 확실한 방법 두 가지를 말해 줄게요. 바로 감사하기와 규칙적인 운동이에요. 생각보다 너무 간단해서 시시하다고요? 감사하기와 운동은 뇌과학적으로도 행복해지는 가장 좋은 방법이라고 입증되었답니다.

　사람의 마음과 몸을 가장 좋은 상태로 유지하는 최고의 방법은 감사하기라고 해요. 심장 박동 수가 불규칙하면 사람을 불안하고 짜증나게 만든다고 하는데요. 연구 결과, 심장 박동 수를 가장 규칙적으로 유지시키는 것이 '감사하는 마음'이라는 것이 밝혀졌어요. 명상이

나 기분 좋은 일을 생각하는 것보다 감사하기가 몸과 마음의 건강에 훨씬 더 좋다고 해요.

감사하는 마음을 갖는 가장 효과적인 방법은 매일 밤 잠자리에 들기 전에 그날 있었던 일들을 돌이켜 보면서 감사할 만한 일을 수첩에 적는 거예요. 매일 감사한 일을 적다 보면 우리의 뇌가 감사한 일을 찾기 시작해요. 점점 긍정적인 뇌로 바뀌는 것이지요.

규칙적인 운동은 몸과 마음을 건강하게 만드는 데 중요한 역할을 해요. 운동은 우리를 기분 좋게 해 줄 뿐만 아니라 두뇌에도 좋아서 기억력, 문제 해결 능력 등을 길러 줘요. 스트레스와 불안이 줄어들게 도와주고요.

매일 자기 전에 감사할 만한 일 다섯 가지 수첩에 적기, 주 3회 이상 운동하기, 이 두 가지를 꼭 실천해 보세요. 자꾸 짜증 나고 투덜거리던 하루가 즐겁고 기분 좋은 하루로 바뀌는 마법을 경험할 수 있을 거예요.

오늘 있었던 일 중 감사할 만한 일을 다섯 가지 써 보세요. 대단한 일이 아니어도 되어요. 아주 작은 것에서도 감사할 만한 일을 찾는 능력, 부정 속에서도 긍정을 찾는 능력이 바로 행복해지는 비결이에요.

예) 우리 가족이 아픈 데 없어서 감사하다. 지민이가 오늘 연필을 빌려줘서 감사하다. 늦게 일어나서 지각할 줄 알았는데 지각 안 해서 감사하다. 오늘 급식에 내가 좋아하는 탕수육이 나와서 감사하다. 내가 좋아하는 가수의 신곡이 나와서 감사하다. 오늘 엄마가 맛있는 떡볶이를 해 주셔서 감사하다. 새로 산 이불이 푹신해서 잠이 잘 와서 감사하다. 오늘 피구 시간에 공을 두 번이나 던질 수 있어서 감사하다.

★ 참고도서 김주환, 《회복 탄력성》, 위즈덤하우스

작가의 말

늘 동네 빵집을 그냥 지나치지 못하고는 해요. 마음이 울적한 날, 왠지 기운이 없는 날, 몸도 마음도 허기진 날, 오늘 하루 수고한 나에게 작은 선물을 주고 싶은 날에는 달콤한 빵이나 바삭하고 짭짤한 빵을 하나 사서 집에 돌아가고는 하지요. 그러면 축 처진 기분이 조금 나아지는 것 같아요.

고민을 열심히 들어 주는 누군가가 있는 빵집을 떠올려 봤어요. 다른 사람이 내 말을 귀 기울여 들어 주기만 해도 한결 마음이 가벼워지고는 하잖아요. 문을 열고 들어가면 고소한 냄새에 기분이 좋아지는 빵집, 따스하게 반겨 주고 힘든 마음을 안아 주는 빵집. 그런 빵집이 있다면 정말 반갑고 고마울 것 같았거든요.

그런데 책을 읽다 보면 알게 될 거예요. 토끼 제빵사와 꿈의 도움을 받았지만, 고민을 해결하고 조금 더 나아지기 위해 스스로 행동한 건, 바로 주인공 소원이라는 걸요. 발표를 잘하기 위해 연습한 것도, 친해지고 싶은 친구에게 먼저 말을 건 것도, 함부로 대하는 친구에게 단호하게 말한 것도, 모두 주인공이 직접 한 일이랍니다. 주인공 마음에 숨겨져 있던 힘이 주인공이 행동할 수 있게 도와준 거예요.

여러분 마음에도 큰 힘이 숨겨져 있어요. 아직 깨닫고 있지 못했을 뿐이지요. 새로운 친구에게 말을 걸어 보는 것, 멀어진 친구에게 손을 내밀어 보는 것, 무례한 친구에게 하지 말라고 말해 보는 것부터 시작해 보세요.

내가 원하는 반응을 얻지 못해도 괜찮아요. 중요한 건 후회 없이 시도해 봤다는 거 아닐까요? 작은 용기가 쌓이다 보면, 힘든 일이 있어도 "이까짓 것쯤이야."라며 훌훌 털어 버릴 수 있을 거예요. 한 뼘 더 성장한 모습으로, 자신에게 이렇게 말하게 될지도 몰라요. "이런 내가 제법 마음에 들어."라고요.

여러분의 작은 도전을 응원하는 마음으로,
김정